Solu en borja...

Imetafsiriwa Na:
Haregewoin Marsha

Na: Daniel B Solomon
Januari 2024

Översättning av: Haregewein Mersha

Kujitafutia

Hakimiliki © 2024 na Daniel B Solomon

Haki zote zimehifadhiwa. Hakuna sehemu ya kitabu hiki inayoweza kunaswa tena au kusambazwa kwa njia yoyote au kwa njia yoyote bila idhini ya maandishi kutoka kwa mwandishi.

ISBN (XXXXXXXXXXXX)

Söker Efter Sig Själv

Table of Contents

Som en början 1

LJudct Bang 3

Kors som stegar 20

Det omaskerade jaget 53

En Walking Dead 60

Bidrottningen 70

Själsfränderna 81

Den motståndskraftiga 94

Inkluderande hälsning 118

Brännande smärta 128

Hyllning 141

Kärnjaget 153

En tjänarinna 183

Gjort 195

Vårt kök 203

Gilmer of Hope 212

Översättning av: Haregewein Mersha

Otvinnad kärlek 224

The Heartfelt Fluff 236

Den tuffa tiden 250

Debatten 264

Håller Tillsammans 275

Det upptäckta jaget 287

Söker Efter Sig Själv

Som en början

Jag är den som är där. Det finns ingen annan än jag. Jag är det märkliga medvetandet, mysteriet. Jag kan inte ses eller kännas igen. Ändå finns jag som jag är. Jag har varken kommit eller kommer att gå. Jag har inget namn, inte ens ett enda. Jag är i denna excentriska värld för att berätta historien om sökaren, prof. Dan Peter. Han är huvudpersonen i berättelsen. Romanen beskriver den hårda kamp han mötte med sitt sinne. Han ägnade lång tid åt att inse den högsta sanningen, sitt sanna jag.

Berättelsen utspelar sig som en normal dröm i denna realistiska värld, skapad av hans eget sinne. Det är en sann historia som hände i detta påhittade disiga rike. Prof. Dan Peter är lik någon av er. Men han är annorlunda

Översättning av: Haregewein Mersha

än er alla på alla sätt. Jag gjorde honom i min likhet. Ändå tror han att han föddes av en kvinna.

En kvinna som jag aldrig har träffat men som han ser som en skönhetsikon. Av någon anledning dras han alltid till skönhet, som framträder i både intellekt och intelligens. Han är osäker på vilken han ska välja. Han älskar dem båda djupt. Han vet väl att information är världslig. Han vill inte förlita sig på det. Om han gör det skiljer han sig inte från den artificiella intelligensen omkring honom. Han är den verkliga intelligensen; han måste följa uppenbarelsen inifrån.

Vilken kommer han att välja? Vänta, du kommer att upptäcka sanningen själv när du fortsätter berättelsen.

Söker Efter Sig Själv

Ljudet Bang

Klockan är snart 10. Prof. Dan Peter ligger i sin säng och stirrar tyst i det knapriga taket. Hans gamla vän, Shemsu Ali, tittar på etiopisk TV i en härlig soffa när han förbereder deras frukost. Han är fortfarande i pyjamas, trots att han duschade efter morgonbönen för några timmar sedan. Han är en tidig fågel. Han sover alltid och vaknar tidigt.

Dan Peter granskade det mysiga rummet i detalj, en efter en som en nitpicker, som om han letade efter bristen i perfektionen. Rummet var belamrat med skräp. Han var omgiven av saker som inte var väsentliga för hans dagliga liv.

På höger sida om huvuddörren är ett litet kök utrustat med en gammal spis,

Översättning av: Haregewein Mersha

diskho, kylskåp och bänkskivor. Ett litet matbord med två trästolar ligger några meter från köket. Den stora sängen ligger mellan badrummet och garderobsdörrarna.

Sängen och soffan ligger nära varandra. En liten bit av en röd matta täcker en liten kvadratisk yta längst bort. Shemsu Ali ber om det fem gånger om dagen, och hyllar och prostrerar för sin skapare, Allah. Han ber på arabiska, även om vissa människor pressar honom att göra det på sitt modersmål. Språk är en politisk fråga i Etiopien nuförtiden. Ens karriär beror till stor del på vilket språk han använder och vilken etnisk grupp han tillhör.

Rummet hade en grön matta och glittrande dekorationer. Men Dan kände sig kvävd i det. Han hade rest från Virginia för en vecka sedan för att

Söker Efter Sig Själv

hjälpa sin gamla vän, Shemsu Ali, med hans äktenskapstvist med Fate Uda. Han hatade att se familjer gå sönder på grund av sina barn. Han hade aldrig varit i Seattle förut.

Shemsu, som växte upp utan en pappa, tycker att ett barn som saknar föräldrakärlek och omsorg känner sig som en outsider i världen. Han tror att ett sådant barn har en negativ syn på andra. Ett sådant barn känns som en kasserad leksak som ingen vill ha. Ibland grät han sig till sömns.

Samtidigt finns Linda Dama, en underbar brun choklad, som lockar honom till sitt territorium. Hon är en högutbildad politiker som jonglerar med två sfärer: näringsliv och politik. Hon har ett skarpt sinne. Hon briljerar i båda. Hon är minister och ägare till ett lyxhotell, nära Bole International Airport, i Addis Abeba. Men hon verkar

Översättning av: Haregewein Mersha

inte självständig. Hon verkar under greppet av sin chef, vars handlingar och ord är oberäkneliga.

    Han hade en rastlös natt i sinnet. Det långa telefonsamtal han hade med Martha Molla för tio timmar sedan finns fortfarande levande i minnet. Det fortsätter att spelas upp som ett enormt eko i öknen. Det är för bullrigt och dominerande. Det har berövat honom hans frid.

    Han är orolig och rastlös. Han har reflekterat över sina barndomsminnen med Martha, livets fläck som lyser för alltid. Hon dyker upp och försvinner i en blixt. Hon är snabb och bestämd. Hon har bott i hans hjärta sedan han var liten. De delar ett band som överskrider kärlekens gränser.

    Dan och Martha plågas båda av den identitet som samhället påtvingat dem

Söker Efter Sig Själv

sedan de var barn. Byn stämplade dem som broder-vän av skäl som trotsar logik. Vissa föreställde sig till och med att de var älsklingar som om de var galet förälskade.

De förkroppsligar verkligen en kärlek och respekt som trotsar logik. Ändå kunde de inte stanna tillsammans för alltid. Tiden har förändrat dem båda på många sätt. Martha har hittat kärlek och äktenskap med en annan man och har två barn som heter Love and Peace. Hon avgudar dem oerhört. Hon har dem alltid vid sin sida. Hon tar dem med sig som sina skatter vart hon än går. De är tecknet på hennes existens.

Under tiden förblir Dan Peter ogift. Han vägrar att knyta ihop knuten medan hans sinne kontrollerar honom. Han ropar ständigt som ett lejon "Vem kan befria mig från mitt sinnes bojor?" Hans skrik är alltid starkt och tydligt men

Översättning av: Haregewein Mersha

ingen kan höra det.

Han vill undvika att trassla in sig i saker igen. Han har känslor för Martha, men han är inte beredd på någon romans än. Han måste befria sig själv från sinnets svajning först. Han måste lära sig många saker innan han kan lära sig något nytt. Han är inte alls bekväm med sig själv. Han tror att sinnet består av minst fyra komponenter: intellekt, minne, identitet och oändlig intelligens.

"Jag förstår; intellekt är en överlevnadsmekanism. Det kan inte fungera utan information. Minnet är ren lagring. Till exempel ärver jag många egenskaper från min far på grund av mitt genetiska minne. Jag konsumerar ett äpple och omvandlar det till mänsklig vävnad på grund av mitt biotiska minne. Alla sagt, jag har minst åtta olika typer av minnen, precis som alla andra varelser. Intellect använder denna lagrade data för att konstruera identitet." Dan talar till sig själv som om han lär andra.

Dan var professor i engelsk litteratur vid Addis Abeba University, tills han och hans vänner sparkades ut för sin identitet. Han tyckte mycket om att undervisa, men han tappade passionen. Han anser att utbildning är meningslöst om den inte slutar skapa intellektuella. Intellekt är ett skär- och klyvningsverktyg. Det delar upp saker i bitar.

"Ett lejon är omedvetet om sin egen identitet." Dan fortsatte att prata med sig själv. "Den har ingen inre självkänsla. Den den har ges av andra. Jag har för mycket av det. Jag identifierar mig med många saker. Tack vare mitt intellekt; Jag har många etiketter: Man, Etiopian, Amhara,

Översättning av: Haregewein Mersha

Novelist, Poet, och så vidare. Men min intelligens är obegränsad. Det har ingen notering om mig som en stor sak med någon av dessa etiketter eller någon annan. Jag är precis den jag är, inget mer, och det är Martha också. Hon är sig själv. Hon utforskar livets oändliga potential, samtidigt som hon alltid är öppen för nya äventyr. Hon kan åstadkomma allt hon vill."

Martha och Dan har varit vänner sedan de var barn. De växte upp tillsammans tills de separerade för gymnasiet. Han gick på Black Lion High School medan Martha gick på Kolfe Comprehensives. De har inte träffats ansikte mot ansikte på flera år. Men de har många minnen lagrade i sina sinnen. De har båda bildat en dold självkänsla i sina tankar. Martha känner att Dan är en integrerad del av hennes liv. Dan känner likadant. Men han gillar

Söker Efter Sig Själv

det inte. Han tror att det är hans fel som härrör från hans stolthet.

"Vårt sanna jag definieras inte av vår identitet. Vi är mer än vår självbild. Vårt sinne är inte en pålitlig källa till självkännedom. Det är bara ett fragment av vårt väsen. Vi måste leta efter vårt sanna jag utöver våra tankar." Dan talar till sig själv som om han vore hans älskade far, Peter Michael, en vördad och stilig brun gud. Han undrar om han är den enda verkligheten. Han har följt oskuldens väg hela sitt liv och letat efter den ultimata sanningen. Men han har inte hittat den än.

"Peter Michael är en djuptänkare men tanklös. Han vandrar genom universum. Han har alltid sökt efter sitt eget lilla personliga utrymme för att acceptera sin identitet och sin relation till allt annat. Han började göra detta när hans föräldrar skildes för att de inte

Översättning av: Haregewein Mersha

kunde sväva som ett par. Från och med då, tills han blev självständig, stannade Peter Michael hos sin faster."

"Martha är en krämig och eminent kvinna. Hon är en ljus och glad stjärna. När hon kommer in i hjärtat gör hon det till sitt lilla men levande hem. Hon dimper aldrig inifrån. Hon finns kvar länge och alltid. Hon lämnar aldrig. Hon finns. Hon går aldrig under. Hon är en liten prick av visdom, den obegripliga uppvisningen av den högre medvetenheten."

"Jag var vaken hela natten. Jag var spridd i det kosmiska minnet som stjärnorna. Marthas leende lyste upp den mörkaste delen av mitt liv; hennes doft berörde det djupaste av min känsla. Jag har känt henne intensivt sedan vi pratade i telefon igår. Vi var fortfarande nära trots tjugofem års avstånd." sa Dan

Söker Efter Sig Själv

Peter.

Han såg de livliga minnena från de senaste tjugofem åren blixtra framför hans bara ögon som en kort actionfilm. Det kändes som en märklig dröm; men det var en verklighet som de hade levt. Det var en resa utan att mäta stegen. Kärlek är tidlös som tid. Den är alltid närvarande och evig.

Om Shemsu Ali inte hade gjort det första steget för att återföra Martha och Dan med ett enda telefonsamtal, hade de kanske hållit sig på avstånd. Martha är i München, Tyskland. Dan befinner sig i Silver Spring, Virginia, USA. Livet har skiljt dem åt mycket. Liksom många etiopier finns de överallt på planeten, tack vare den identitetsbaserade politik som skakade landet i dess högtidliga ögonblick.

Samtidigt finns det Linda Dama, en

Översättning av: Haregewein Mersha

underbar brun choklad, som lockar honom till sitt territorium. Hon är en högutbildad politiker som jonglerar med två sfärer: näringsliv och politik. Hon har ett skarpt sinne. Hon briljerar i båda. Hon är biträdande minister för fred och ägare till ett lyxhotell, nära Bole International Airport, i Addis Abeba. Men hon verkar inte självständig. Hon verkar under premiärministerns grepp, vars handlingar och ord är oberäkneliga.

Dan och Linda gick på samma gymnasieskola, Black Lion. Hon hade känslor för honom. Men de dejtade aldrig. Dan var omedveten om hennes tillgivenhet. Han hade ingen aning om kärlek förutom hans mammas tröstande kram.

Linda hade fått utstå sin obesvarade kärlek för länge. När hon såg honom igen rörde sig allt i hennes hjärta. Hon

Söker Efter Sig Själv

bad honom snabbt att gifta sig med henne, men han har fortfarande inte svarat.

"Kommer Etiopien att vara ett fritt land med Linda och hennes politiska allierade som främjar etnisk politik? Jag tvivlar på det. Vi måste undvika mytiska lagar för att börja vår resa till självstyre, eller hur? Konstitutionen är minst sagt fruktansvärd. Det ignorerar folket i landet, eller hur?" Dan frågade sig själv upprepade gånger.

Dan var alltid begränsad av sina egna mentala, känslomässiga och personliga gränser. Han längtade alltid efter befrielse, efter en metod för att bryta sig loss från sitt tänkande, sina känslor, sina önskemål. Han hade experimenterat med många saker: meditation, yoga, terapi, droger, resor, men ingen av dem hjälpte. Han förblev en fånge av sig själv.

Översättning av: Haregewein Mersha

Han valde att sträva efter frihet för länge sedan. Han gjorde sig av med alla sina ägodelar, sa upp sig från sitt arbete, avslutade sitt förhållande och övergav allt. Han försökte lära känna sig själv, att avslöja sin sanna identitet utan banden och avledningarna i hans liv. Han ville bli befriad från sina tankar, romanser och andra faktorer. Men han uppfyllde inte sina förväntningar. Han letar fortfarande efter sig själv.

"Hur kan man vara fri, medan den fortfarande är förslavad av sitt eget tänkande. Man måste använda sin fulla potential för att göra anspråk på sin frihet från sin egen negativa mentalitet. Varannan människa måste reflektera över sig själv. Vi bör med glädje sträva efter att upptäcka den högsta verkligheten, jaget. Först då kan vi bli befriade från en sådan självförstörande identitetspolitik."

Söker Efter Sig Själv

Dan andades ut djupt. Han förtärdes av sin egen tystnad. Han fortsatte att sucka i sitt eget hjärta. Martha och Linda återställer hans system. Han var förbryllad. Han hade ingen aning om vad framtiden skulle föra med sig för honom och hans land. Alla är missnöjda med den nuvarande regimen som tar till våld, förtryck och rädsla för att behålla sin makt och dominans över folket. Den bortser från sina medborgares rättigheter, friheter och värdighet och låter dem inte delta säkert i den politiska processen.

Den använder ofta etnisk politik, vilket är vridningen av stamidentiteter och distinktioner för att orsaka splittring och sammandrabbningar bland folket. Den drar fördel av olika etniska gruppers historiska förbittring, kulturella fördomar och religiösa övertygelser för att rationalisera sina

Översättning av: Haregewein Mersha

gärningar och planer.

Folket är trötta på denna regering som hetsar upp hat och våld mot vissa etniska grupper som Amhara, som den riktar sig till med folkmord, etnisk rensning och brott mot mänskligheten. Ändå hoppas en stor del av allmänheten, som verkar föredras av det styrande partiet, att denna regim ska ge dem välstånd och fred. De verkar inte förstå att både välstånd och fred är vad man uppnår men inte får som en lämplighet från regeln.

Han stannade en stund och undrade: "Varför slits jag mellan Martha och Linda?" Han andades in djupt och försökte samla sina tankar. "Är det riktiga människor som jag älskar eller mitt eget yttreoch inre jag, kropp och själ?" En annan fråga exploderade i hans sinne. "Vem de än är, kan jag

Söker Efter Sig Själv

släppa båda? Kan jag vara ensam? Vem
är jag i slutändan, denna rörliga kropp
eller anden som bor i den?" fråga efter
fråga hopade sig på hans väg. Dan, själv
är ett mysterium för den här trådbundna
världen.

Översättning av: Haregewein Mersha

Kors som stegar

Varje moln har sin egen sorts silverfoder. Prof. Dan Peter har varit i Seattle, vattnets och naturens underverk, i några veckor. Under sina vistelser har han fördjupat sig i sina egna oändliga tankar. Han kan inte sluta tänka på sitt förflutna och drömma om sin framtid. Men allt han har i tankarna är den magnifika Martha. Han är fångad av hennes saker i sitt personliga utrymme. Hon har blivit en stor varning i hans liv. Hon slår larm när han är på väg att gå fel. Hon är en sorts dold välsignelse för honom.

Shemsu har ett eländigt giftliv. Ödet, hans fru, är en tuff kvinna att leva med. Hon är en fruktansvärd fru, som bara brydde sig om pengar och materiella saker. Hon tjatade och gnällde hela tiden till sin man, som jobbade hårt för

Söker Efter Sig Själv

att försörja sin familj. Hon var aldrig nöjd med vad han gav henne, och ville alltid ha mer. Hon lät honom inte ens dela ägandet av fastigheten som de köpte tillsammans som ett par. Hon lade dem alla under sitt namn och ignorerade honom.

Han vill inte längre lämna titlarna i hennes namn. Han vill bli erkänd som en uppskattad make och ägare. Det är därför de bråkar och slåss nästan varje dag om sina tillgångar. Han har ett tag krävt ett fullständigt ägande över fastigheterna. Hon fortsätter att ignorera hans rätt. De är nära ett uppbrott. Dan kom till Seattle för att hjälpa dem att lösa sin konflikt. Han tillbringade en lång natt igår med att prata om kärnan i problemet med Shemsu. Förutom att han var orolig över deras dispyt, verkade Dan också vara i vanföreställningar på grund av sin egen

Översättning av: Haregewein Mersha

rädsla.

Han är nära att förlova sig med en lysande kvinna, Linda Dama, en chokladfärgad stjärna med en fantastisk intelligens och affärskunskaper. Hon har känt honom sedan gymnasiet. Men det finns också Martha, som drar sin ande till hennes rike.

Linda har tre stora identiteter förutom sitt kön. Hon är en Oromo av etnicitet, en Ph.D. genom utbildning och en investerare genom förmögenhet. Martha har ingen av dessa. Hon är som ett tomt sinne fyllt av ren kärlek och konstant frid. Hon är alltid tom men får det hon behöver bara när det behövs.

Linda värderar de nämnda identiteterna mycket. Men hon presterar inte alla lika bra. Pengar är det som betyder mest för henne. Hennes lyxhotell i centrala Bole är vad hon tror

Söker Efter Sig Själv

är det bästa av hennes prestationer i livet. Men hon känner sig fortfarande ofullständig tills hon binder Dan i sin kärleks band. Linda har aldrig visat sin doktorsexamen. Förutom hennes verksamhet tjänar den senare mer pengar.

Numera ägnar man sig åt Ph.D. bara för prestigen. Dessa Ph.D. hållare är mer bråkmakare än lösningssökare. De följer ett politiskt parti, vanligtvis en befrielsefront, och arbetar för att befria de människor de säger sig representera, utan att själva vara fria från sina personliga bojor.

De slutar med fler bördor av träldom på sig. Detta beror på att de är fångar av sina egna sinnen. De antar att de vet, men de når aldrig vetskapen. Därför finns det ingen kunskap utan problem, och det finns inga problem om vi inte skapar den. Vi är den felaktiga enheten.

Översättning av: Haregewein Mersha

Lindas politiska liv illustrerar detta. Hon har inte gjort något för Oromofolket med sin sympati, förutom att sätta dem i mer problem. Hon har blivit fredsminister, premiärministerns högra hand. Hon har också mycket pengar. Hon är mycket känd för sin etniska identitet.

"Identitetsbaserad politik är som ett spel med orm och stege. Du kan använda stegen för att klättra upp idag; i morgon kommer ormen att dra ner dig till det lägsta i alla fall." Något resonerade i Dans hjärta.

Linda har uppnått det hon ville, som många av gymnasielärarna som nu sitter på ministerposterna. De brukade vara frihetskämpar, som kämpade för att befria sina respektive folk från en påhittad träldom. Men nu är de flesta av dem lyxjagare som tillfredsställer sitt

Söker Efter Sig Själv

eget giriga ego. De bryr sig inte mycket om de akuta behoven hos allmänheten tillgodoses eller inte.

Teddy är en av Dans gamla vänner. De brukade studera tillsammans för att klara det etiopiska skolavgångsbeviset. Tyvärr kom Teddy inte till universitetet. Han flyttade sedan till Aten och letade efter ett bättre liv.

Teddy är en hedonist. Han vill inte offra sin lycka för någonting. Han har lärt sig en sak; han kan inte vara nöjd med sin alerthet. Så han försöker döva den med alkohol. Han tycker om att dricka, och han är bra på det. Teddy var den som presenterade Linda och Dan.

Efter gymnasiet åkte Linda till USA och lämnade sin fars förmögenhet bakom sig. Dan skrev in sig på Addis Abeba University för sin första examen. Faktum är att han gjorde alla sina tre

Översättning av: Haregewein Mersha

examina där. Han undervisade på samma universitet tills han sparkades ut för sin identitet, på grund av det Amhara-hatande systemet.

Dan och Martha tillhör Amhara-klanen, men de föraktar att böja sig så lågt. Linda är dock Oromo. Men kärleken har ingen gräns. Det svävar över och bortom mänsklig logik. Det är en känsla som alltid visar en kraftfull attraktion mellan två personer oavsett. Kort sagt, kärlek är en längtan efter djup intimitet i det mänskliga hjärtat. Den omfamnar, smeker och omsluter alla.

Dan hatar identitetsbaserad politik. Han skriver för närvarande på en bok som är en sorts historisk och politisk analys av Etiopien, ett land som har formats av dess etniska gruppers mångfald och enhet. Han menar att identitetspolitik, som bygger på etnisk

Söker Efter Sig Själv

federalism och självbestämmande, är ett hot mot nationens stabilitet och harmoni.

I den här boken försöker Dan visa hur Amhara, Oromo, Tigray och andra etniska grupper har en lång historia av blandäktenskap, samarbete och motstånd mot utländska inkräktare. Han lyfter också fram dessa gruppers prestationer och bidrag till den etiopiska civilisationen och kulturen. Han efterlyser ett erkännande och uppskattning av det gemensamma arvet och ödet för alla etiopier, oavsett deras etniska identitet.

Linda bor för närvarande ensam i hjärtat av Addis. Hon har varit singel i tio år sedan hon avslutade sitt äktenskap med Mr. Mark. Han var en sorts person som inte kunde ge upp sin fria vilja. Linda, å andra sidan, är lite kontrollerande och stel. Hon

Översättning av: Haregewein Mersha

övervärderar sig själv. Hon tror att hon alltid har rätt.

Teddy och Linda delar någon form av band. De har också varit nära vänner ett tag. Han är en välkänd affärsman i staden, och varje tjänsteman har någon partner i skymundan. De stöttar varandra och tjänar pengar tillsammans, den ena på axeln av den andra. Linda var den som samarbetade med Teddy.

Detta är en av de nya verkligheterna i landet. Några av dessa tjänstemän tycks vara överdrivet rika. Men ingen av dem verkar ha uppfyllt sina politiska löften som gavs under valrörelsen till folket. Ändå är de fortfarande politiker och fortfarande vid makten. Jag tvivlar på att de skulle avsäga sig sin position när som helst snart. Jag är säker på att de skulle fortsätta att plundra landet och missbruka sin politiska auktoritet.

Söker Efter Sig Själv

Teddy är missnöjd med sin fru. Hon låter honom inte leva sitt liv som han vill. Hon är en strikt person med en mycket hög moralisk standard och integritet, som han saknar. Enligt henne måste han rätta sig efter vad samhället förväntar sig att han ska vara, vilket han aldrig bryr sig om.

"Låt mig ha mitt eget utrymme. Hedra min integritet. Åsidosätt inte min vilja. Jag vill leva med mest frihet tills mitt andetag blir luft. Låt mig njuta av mitt liv och möta min död. Pengar är min tjänare för att köpa nöje. Det är inte min härskare att kontrollera mig från ovan. Äktenskapet är detsamma för mig. Det ska ge mig nöje, inte stänga av mig. Jag kan inte underkasta mig något som inte uppfyller min önskan, du känner mig väl."

– Nej, det handlar inte bara om pengar. Du har tre barn som behöver en

Översättning av: Haregewein Mersha

pappa. Du har en respektabel fru. Du har goda vänner med ädla familjer och personligheter. Du kan inte dricka regelbundet så och vara en ingen."

"Vet du vad, jag gillar det så. När jag är full kommer jag aldrig ihåg om jag är din man, än mindre mina vänner, familjer och barn. Kommer någon av dem att möta min död?" "Ingen av dem kommer att möta din död."

"Så, om jag måste möta min död fritt, varför kan jag inte leva mitt liv på samma sätt? Lämna mig ifred, Lety."

Han bråkar ofta med sin fru. De är sällan överens om någonting. När han blir arg på henne flyr han för att dränka sig i sprit. Han dricker tills han blir någon annan, sedan lever han som naturen gör. Han bryr sig bara om sig själv, inte omvärlden. Men Lety förblir densamma. Hon förväntar sig alltid att

Söker Efter Sig Själv

han ska följa vardagslivets chocker och rök. Hon ger aldrig upp honom.

"Alkohol lugnar mig. Det raderar mina tankar och låter mig leva fritt som barn. När jag samlade in mer information i mitt sinne stängde jag dörren till min frihet. När jag gifte mig förlorade jag allt." Det var Teddys folksång. När han är full tycker han om att rationalisera.

Dan är fångad mellan två kvinnor som förkroppsligar olika sidor av hans personlighet: Martha Molla, hans barndomsvän som är kärleksfull, trogen, snäll och andlig; och Linda Dama, hans gymnasiekära som är framgångsrik, kraftfull och logisk. Båda kvinnorna vill gifta sig med honom, men han är inte villig att offra sin frihet för äktenskapet.

Men kärleken har börjat växa sitt frö i hans hjärta. Han försöker alltid

Översättning av: Haregewein Mersha

harmonisera sina kroppsliga drifter och
etiska normer, sina känslor och logik,
sin tillit och osäkerhet. Han står dock
inför ett slags rättegång och problem
som undersöker hans moral och
övertygelse.

Söker Efter Sig Själv

Tiderna

Ingen soluppgång kunde fresta Dan att gå upp ur sängen klockan 10:00. Han hade en orolig natt, utan glädje och munterhet. Han fortsatte att växla och vrida sig, oförmögen att slappna av i sin kropp eller sitt sinne. Han tillbringade hela natten vaken och hörde klockan och sitt hjärta. Han vandrade i sina minnen och återupplevde barndomens lekar han spelade med Martha. I en av dem utgav de sig för att vara ett gift par.

Dan återbesökte ett barndomsspel i sina minnen, där han och Martha spelade som ett gift par. Han agerade som en hängiven man till Martha, och hon var en kärleksfull hustru för honom. De imiterade allt som makar gjorde i verkliga livet, till och med intimitet.

Spelet var baserat på en spontan

Översättning av: Haregewein Mersha

berättelse. Till exempel när de lade till ett barn i sitt rollspel. Dan tvivlade på hans faderskap, men Martha hävdade att han var fadern. De bråkade om barnet och bråket förvandlades till ett slagsmål. Dan sparkade ut barnet ur huset och barnet fick stanna hos sin mormor tills de gjorde upp.

Barnet återvände hem och frågade sin mamma om Dans faderskap. Hon försökte undvika ämnet, men han envisades. Han ville veta vem hans riktiga far var, om inte Dan. Hon gav till slut upp och avslöjade sanningen.

"Mitt liv var hårt. Jag förlorade min pappa när jag var nio. Vid tolv föll jag för Peter Michael. Han var en stilig och charmig kille, fyra år äldre än mig. Han älskade min skönhet. Men han hade mer utbildning än jag. Jag var bara en raffinerad och fantastisk kvinna. För att

Söker Efter Sig Själv

göra en lång historia kort, vi älskade varandra djupt."

"Och då?"

"Vi tillbringade tio år tillsammans, ibland på, ibland av, men alltid kära."

"Och efter det?"

"Vi bröt upp."

"Av vilken anledning?"

"För att jag saknade skolgång."

"Men ni älskade varandra, eller hur?"

"Enbart kärlek är meningslöst, utan livet för att ge det sammanhang. Vi försökte skilja dem åt, men det fungerade inte. Din pappa var mycket ivrig efter att ta reda på vem han var mycket mer än att leva sitt liv på ett ordentligt sätt. Jag är mycket ärlig mot

Översättning av: Haregewein Mersha

dig; han var besatt av att finna sitt sanna jag syftet bakom det."

"Jag förstår. Men kan du inte berätta vem han är?"

"Nej, jag kan inte. Att veta att han din pappa skulle bara skada dig. Han kommer inte ens att erkänna att han är din far."

"Varför inte?"

"Han är inte mogen nog att bli pappa. Han jagade alltid efter andra kvinnor och ignorerade mig, din mamma. Han var en hänsynslös man som inte brydde sig om livet."

"Hur är det med Dan, din nuvarande man?"

"Ja, jag är nöjd med honom. Han är mitt allt. Jag älskar honom så mycket.

Söker Efter Sig Själv

Han får mig att känna mig trygg och omhuldad i hans famn."

Martha kopierade Dans mor ordagrant. Hon var utmärkt på det. Alla berömde henne. Hon har velat gifta sig med Dan sedan dess, men det har aldrig hänt. Dan menade allvar med kvinnor. Han respekterade dem mycket. Men han ville inte gifta sig eller skaffa barn.

Han säger alltid: "Jag måste hitta mig själv först innan jag engagerar mig i livet. Jag vill inte skaffa barn förrän jag är redo. Jag vill inte bli som min pappa."

Hans pappa, Michael Peter, var en militärofficer innan han steg upp till himlen. Han hade en stark fysik. Men han brydde sig inte om sin enda son. Hon snubblade över hans brev till sin pappa, en monolog.

Översättning av: Haregewein Mersha

"Kära pappa,

Du vet mycket väl, men bryr dig knappt om att jag inte har sett dig på tolv år sedan du och mamma skildes åt av triviala skäl. Min moster uppfostrade mig med vänlighet. Jag är tacksam mot henne. Hon hjälpte mig att övervinna min tråkiga och svåra resa. Jag försökte ta livet av mig några gånger, om det säger dig något om hur eländigt mitt liv var.

Men jag tog mig igenom den svåra vägen, och jag är collegestudent nu. Hur mår du? Strunt i ditt stöd, tänker du någonsin på mig? Du finns alltid i mitt huvud. Jag ville glömma dig. Men jag kan inte. Du är alltid i mina tankar. Jag saknar dig verkligen. Livet utan en pappa är som en huvudlös kropp. Du bryr dig inte om något som händer.

För att vara ärlig mot dig, du

Söker Efter Sig Själv

förstörde inte bara mitt förflutna. Du påverkar också min framtid. Vet du vad, jag vill aldrig bli pappa. Jag vill inte ta med någon till den här taskiga världen och överge honom. Det är vad du gjorde mot mig. Jag är rädd för att bli pappa. Men jag uppskattar din bön. Utan den hade jag varit ett hopplöst gatubarn i Addis Abeba. Tack gode gud, det är jag inte. Förresten, om jag sa något hårt så är jag ledsen; snälla förlåt mig. Vem vet, kanske kommer vi alla att ställas inför dom en dag. Jag vill inte att vi ska förlora vårt eviga liv för våra jordiska misstag.

När det gäller mig mår jag bra; Jag har släppt mitt agg. Låt oss gå vidare och vara förnuftiga igen. Låt mig känna din kärlek och kramar innan det är för sent. Låt oss njuta av varandras sällskap igen. Jag är vuxen nu och jag kan ta hand om mig själv.

Översättning av: Haregewein Mersha

Mamma mår bra också. Hon är på fötter igen. Kan du snälla ge oss lite tid tillsammans och välsigna mig som din son, eftersom ingen annan kan göra det åt mig?

Vänliga hälsningar,

Peter Michael"

Martha var en unikt formad idol. Hennes röst var som de himmelska melodierna av fåglar på våren. Den berörde hjärtan djupt, steg och föll med en respektfull rytm. Dan kände hur kärlekens explosioner kraftigt stormade hans passion när han hörde hennes röst över telefon. Han upplevde ett sting av längtan och begär i sin själ, som om han hade njutit av den läckraste honung i hennes röst.

Det var som en våg av lycka och värme i hans hjärta, som om han hade

Söker Efter Sig Själv

upptäckt sitt hem i hennes ljuva prat. Han upprepade hela brevet i sitt sinne och såg in i framtiden. Han mötte rädsla och ett hinder framför sig. Han kände också hopp och tro som inspirerade honom bakifrån. Han såg en ljus stjärna lysa på hans liv. Han såg också en mörk stjärna som blockerade honom på vägskälet.

Han kände sig sliten mellan en ny början och ett gammalt slut. "Jag är inte säker på vart jag är på väg. Jag vet inte vad eller vem jag ska tro." Han muttrade med svag röst.

Martha och Linda stirrade på varandra i hans sinne. Men han ville inte att någon av dem skulle slåss för hans hjärta. Han var inte redo att ge upp sin frihet för kärleken. Ändå var kärlek en så stark kraft. Vad som helst kan hända honom. Han hade inte kontroll över sin framtid. Även om han gjorde

Översättning av: Haregewein Mersha

det, kunde han inte förutsäga något om de bleknande dagarna.

    Förlorad i sina tankar kunde Dan inte se Martha, hans barndomsvän, eller Linda, hans tonårskamrat, vinna hans hjärta för gott någon gång snart.

    "Jag värdesätter min frihet mer än deras kärlek, och jag vill hellre jaga och följa ingenting, än att binda mig till något annat än mig själv." Dan talade ut i magen till hej själ högt.

    "Jag måste ta reda på vad livet har i beredskap för mig efter att ha upptäckt vem jag är och varför jag är här i den här kåkvärlden." Viskade han till sig inombords.

Kommer Dans kärlek att komma utifrån eller inifrån honom själv? Kommer Linda att svänga hans sinne med romantiska fakta eller kommer

Söker Efter Sig Själv

Martha att röra om hans hjärta med känslomässiga insikter? Han kan inte lösa detta pussel förrän han vet vem han är.

Översättning av: Haregewein Mersha

Den eldiga högtiden

Dan och Martha Molla hade ännu ett mysigt telefonsamtal och påminner om sina gamla minnen. De pratade om barndomens äventyr och bus.

"Intellektet är människans värsta fiende. Det gör ont för honom att undersöka den information som samlats över tid. Det distraherar honom med den rationella delen av hans sinne. Intellekt bearbetar data som lagras i minnet. Människan är inte utformad för att bearbeta information. Maskiner kan göra det bättre. Människan är till för uppenbarelse, en sanning som kommer fram inifrån genom hennes intelligens. Han behöver inte sinnet för att tänka och handla. Han är en handling för sig själv. Han behöver hjärtat för att meditera och reflektera. Livet har ingen mening förutom att uttrycka skaparens

Söker Efter Sig Själv

vilja om mänskligt liv." Dan funderade för sig själv.

Han var aldrig nöjd med det förflutna. Han ville inte heller anpassa sig till framtiden. Han ville leva sitt liv som det är, fritt och obegränsat.

Martha var en skicklig och gosig person. Hennes tal var som en gammaldags klassiker. Den hade sin egen speciella rytm och rim. Men hon pratade för mycket om det förflutna och ville ha framtiden, vilket förvirrade Dan.

"Vad händer?" undrade Dan Peter. Han var mycket orolig. Han sökte överallt efter ett realistiskt svar för att fly från sitt sinne och förena sig med sitt hjärta. Ingenting verkade lösa hans problem.

Det hela var tyst och lugnt. I sin

Översättning av: Haregewein Mersha

djupa tystnad kändes det som om han var upp och ner. Hans fötter var långt ifrån att sväva in i livets tråkiga resa. Martha Molla och Linda Dama var på hans sida. De kämpade för att vinna hans milda hjärta. Å andra sidan ville Dan vara lugn och hitta sig själv, och ansluta, kommunicera och koordinera med skaparen av allt, som var allt, sig själv.

"Jag förstår inte essensen av ingenting, eller innebörden av tystnad. Jag är bunden av saker. Det är vad jag lätt kan förstå. Jag hade inget mål att jaga, inget mål att uppnå." Hans inre vrålade som ett häftigt lejon.

"För mig har livet ingen mening. Det finns inget att oroa sig för eller bry sig om. Du måste fly ditt sinne, befria dig själv från sakernas värld och leva som ett nyfött barn. Om du kunde göra det

Söker Efter Sig Själv

skulle du leva ditt bästa liv. Kärlek är din bästa allierade för det." Martha svarade instinktivt till hans inre. Hon hade en fantastisk förmåga att dyka djupt in i honom och prata med hans innersta när hon kände behovet.

"Kärleken och livet är vem vi är. Du är livet. Jag är kärleken som ges till dig. Jag är gjord av ditt kött och blod. Det är dags att väcka din ande och se mig som en del av dig som man. Tysta ditt kött. Låt det vara lugnt. Då kan du se mig som din andra hälft. Jag är du. Linda är inte det. Hon kan erbjuda dig pengar, inte kärlek. Var försiktig Dan." Martha fortsatte att uttrycka sina känslor inifrån. Hennes röst försvann gradvis i hans sinne. Men det ekade ändå i hans ändlösa hjärta.

"Det var bra uttryckt. Jag beundrar hur du uttryckte dig." sa Dan till henne.

Översättning av: Haregewein Mersha

Martha hade en naturlig talang för att tala om kärlek och livet. Hon använde sin intelligens, inte sitt intellekt. Efter en lång tystnad kom Linda Dama in i hans sinne. Han var i trans. I sin fantasi tog hon honom till sitt lyxiga hotell. Hon visade honom runt. Han lade märke till allt i detalj. Hon var otroligt rik.

Till sist ledde hon honom till sitt kontor. Det var lika stort som himlen och jorden. Det var första gången han besökte en viceministers kontor. De satt på gäststolarna. Hon tittade på honom. Han tittade tillbaka. De tittade in i varandras ögon en stund och beundrade varandras utseende.

"Du är fantastiskt vacker." "Du är också otroligt snygg."

De upprepade sina komplimanger. Linda Dama var en mäktig person. Hon kunde göra vad hon ville. Hennes

Söker Efter Sig Själv

pengar talade för sig själv.
Regeringstjänstemännen var under
hennes kontroll. Hon var en av dem. De
arbetade tillsammans i ett tätt nätverk.
Pengar styrde dem som en gammal slav.
De hade ingen moralisk känsla eller
respekt för sanningen.

Linda var en naturlig skönhet, även
med smink i ansiktet. Hon hade makten
att få män att böja sig för hennes
majestät. Hon var drottningen. Hon
bländade med sitt guld och juveler på
kroppen. Hon var en fantastisk skulptur
för dagen.

"Vad är din åsikt?"

"Om vad?"

"Gifta sig?"

"Jag behöver mer tid. Jag måste
avsluta min roman. Det handlar om oss.

Översättning av: Haregewein Mersha

Jag tror att du kommer att gilla det."

"Varför inte skriva det senare?"

"Jag har redan börjat. Jag kan inte sluta förrän den är helt född ur mitt sinne. Det skulle vara skadligt för mitt liv."

Plötsligt dök Martha Molla upp. Hennes ögon var djärva och modiga och lyste mot honom för att forma hans runda ansikte med respekt och värdighet. Hennes kinder var som hjärthalvor fyllda av kärlek och ära. Hennes läppar var som hett järn belagt med blod och gav honom en kyss som smälte hans hjärta som en ugn.

När hon skrattade glittrade hennes tänder som diamanter, som en stjärna som sprack i hans luft. Hennes ljusa leende spred en underbar doft. Det luktade liljekonvalj. Det var sällsynt,

Söker Efter Sig Själv

men när det kom värmde det hans kalla hjärta.

Dan fortsatte att titta på Martha och Linda. Ju mer han tittade, desto mer kände han sig vilsen. Han tvivlade på sig själv. Han visste inte vad han skulle göra härnäst. Han ville pausa, andas djupt och lugna ner sig. Men han var för svag för att göra det.

"Jag kan inte göra det. Det finns ingen tid. Allt förändras på ett ögonblick. Kärlek är snabbare än mitt hjärta. Jag är chockad." sa Dan till sitt inre.

"Vad vet du? De kan vara onda torn som försöker ta ditt hjärta och din frihet. Du behöver kraft, inte kärlek. Kraft kommer att hålla dig fri; kärlek kommer inte. Kom ihåg att pengar skapar makt." Hans intellekt resonerade utifrån de data som den hade i minnet.

Översättning av: Haregewein Mersha

"Vilken frihet pratar du om? Det finns ingen frihet utan val. Vi är alla slavar av det vi accepterar. Kärlek är den enda friheten. Livet är ingenting utan det." Hans intelligens viskade. Han lyssnade på båda.

De kom aldrig överens. Hans intellekt berodde på de färdigheter och erfarenheter det samlat in och lagrat över tiden. Det var sinnet, ett minne med medvetande. Intelligens hade inga färdigheter eller data. Det var sinnet, ett medvetande utan minne.

Dan erbjöd sin kropp på liv och död. Men han visste inte hur han skulle leva utan sitt sinne eller dö villigt. Han visste inte ens vilken del av honom som levde och vilken del som var död. Han kände sig alltid halvdöd.

Det omaskerade jaget

"Bara Martha känner mig. Vi träffades när våra sinnen var tomma och tomma. Vi såg inget annat än godhet. Saker och ting spelade ingen roll för oss. Vi hade ingen självkänsla. Vi hade inget minne. Vi brydde oss inte om mening. Vi bara levde som vi var. Det var en sorts vårt omaskerade jag." Dan undrade för sig själv: "Kan vi återvända till det där tomma sinnet igen?" Han frågade sin egen insida.

"Jo det kan du. Om du vill ha ett underbart liv och toppen av kärlek, behöver du ett klart sinne utan tankar och minnen." Den inre mannen spelade om.

"Du verkar förvirrad. Det verkar som att du hade en hemsk dröm. Dina enorma ögon är röda; Vad är fel? Jag

Översättning av: Haregewein Mersha

presenterade dig för Martha för ett
bättre liv, inte för ilska. Hon är ett
tecken på fred och en modell för kärlek.
Hennes mål är att fixa ditt liv. Du är i ett
kaos; Dan. Någon har förstört dig. Jag
hoppas att du vet vem den kvinnan är.
Vi lever alla på kvinnans nåd. De har
kraften att avslöja och vrida vårt sanna
jag till sin egen fruktansvärda kulmen."
sa Shemsu Ali.

Dan ignorerade Shemsu. Han reste
världen runt i tankarna och letade efter
visdom och upplysning från olika
kulturer och traditioner. Han kom ihåg
de många människor han mötte, några
som hjälpte honom, några som gjorde
honom illa, några som instruerade
honom, några som testade honom. Han
kände lycka och sorg, smärta och
njutning, hopp och förtvivlan.

Han lärde sig mycket om sig själv

Söker Efter Sig Själv

och världen, men han var fortfarande inte nöjd. Han insåg att friheten inte låg utanför honom. Han kunde inte få det genom att förändra sin omgivning eller sin situation. Han kunde inte nå det genom att följa en viss väg eller en viss lärare. Han var tvungen att göra det inom sig själv.

Han visste att frihet var ett tankesätt, ett sätt att vara. Han var tvungen att välja det varje ögonblick, varje dag. Det var ett sätt att leva i fred med sig själv och världen. Det var ett sätt att omfamna sig själv och andra som de är. Det var ett sätt att släppa sina rädslor och fasthållanden. Det var ett sätt att älska sig själv och andra villkorslöst.

Shemsu fortsatte att störa sin vän. Men Dan reagerade inte. Han kände till Shemsus avsikt. Han pratade om Linda Dama. Han ville inte att hon skulle gifta sig med hans vän. Han föredrog att han

Översättning av: Haregewein Mersha

var med Martha Molla.

"Jag har gått igenom mycket med Linda Dama som vänner. Men vi kom aldrig överens om någonting. Hon ger sig aldrig, och jag backar aldrig." Dan tänkte på Linda ett ögonblick.

"Vi är inte alls kompatibla. Det slutar med att vi alltid skriker på varandra. Hon vill gifta sig med mig nu; Jag behöver mer tid, åtminstone för att avsluta romanen jag skriver. Hon uppmärksammar inte; Jag slutar aldrig prata. Vi är väldigt långt ifrån varandra." Han fortsatte att prata med sig själv.

Dan älskade inte Linda Dama i sitt hjärta. Men han vill gärna ha hennes pengar. Hon kunde tillfredsställa hans önskemål. I den meningen betydde hon mer för honom än Martha, som bara hade hennes ärliga kärlek och uppriktiga

Söker Efter Sig Själv

hjärta. Shemsu Ali och Dan Peter var som bröder sedan barndomen. De började båda livet i en liten by som heter Geja Sefer i centrum av Addis Abeba, nationernas huvudstad. De sprang livets lopp tillsammans. De var goda vänner under lång tid.

Shemsu har alltid sett livet som dystert och olyckligt. Han är den han är. Människan formar sitt eget öde. Hans föräldrars skilsmässa sårade honom djupt. Det kan förklara varför han ogillar Dan att vara med Linda Dama. Han tycker att de är en dålig match. Shemsu vet hur jobbig Linda är.

Han var en god vän till hennes exman. Han var hennes femte man hittills. Hon kan inte binda sig. Hon hoppar från en man till en annan. Hon är självcentrerad och misstroende. Hon är svår att leva med.

Översättning av: Haregewein Mersha

Dan ser dock Linda Dama som en sann och hängiven älskare. Hon är väldigt uppriktig och ärlig, så länge den andra personen avgudar henne som en social gudinna. Hon anpassar sig till förändrade tider.

Men hon är också självgod och irriterad när det passar henne. Hon är snål också. Hon ger ingen ett ögonblick av frihet. Och hon är full av tvivel. Hon tror inte på kärlek.

Dan låter ingen störa honom. Han säger alltid: "Jag skapar mina egna tankar. Jag är inte beroende av någon annan för min sinnesfrid. Jag strävar efter det. Jag gör min egen frid. Jag tar inte emot det. Allt är mitt och jag är för alla."

"Shemsu Ali uppmanade Dan att ompröva sitt beslut när han lagade några omeletter till dem i sin ombonade

lägenhet. "Bara andas och tänk om.
Martha är den för dig. Hon kommer att
göra dig lycklig för resten av ditt liv.
Kan du inte se det?" han sa.

Dan förblev tyst. Han yttrade inte ett
ord. Han var vilsen i sina tankar om
Martha. Hennes melodiösa röst ringde
fortfarande i hans öron. Hennes
fängslande ord väckte hans känslor.

När hon sa: "Jag älskar dig, Dan"
hade hans hjärta redan börjat falla för
henne.

"Men vad är kärlek och vad är det
inte? Kommer jag att byta ut min frihet
mot kärlek? Kommer jag att ge mitt
hjärta till Martha och förlora min vilja
till kärlek? Kommer jag att ge efter för
Linda och bli en fånge av pengar och ta
farväl av friheten?" undrade Dan
förvirrat.

Översättning av: Haregewein Mersha

En Walking Dead

Peter Michael är en hängig man. Han är Dan Peters biologiska far. Han är runt 80 år gammal, men hans mörkbruna skal är fortfarande len som en färsk frukt. Hans huvud är täckt med grått hår, till skillnad från hans son som är skallig. Det är det enda som skiljer dem åt, förutom deras höjder.

De ser så lika ut. Hans runda ansikte har ett unikt och fantastiskt utseende. Det tillför nåd och ära till hans majestätiska uttryck. Hans näsa är så rak att den bildar en perfekt linje mellan ögonen. Han är en lång man som har mött många svårigheter i sitt liv.

Som sagt, Peter hade aldrig ett gott hjärta till Dan. Han såg alltid på honom med kalla ögon och kände inget annat än förakt. Han ville inte ens erkänna

Söker Efter Sig Själv

honom som sin son, än mindre ta ansvar
för honom. Han hade gjort ett misstag
för flera år sedan, och han ville glömma
det.

Dan har ett nytt liv nu, en ny familj,
en ny identitet. Han behövde inte denna
påminnelse om sitt förflutna, denna
börda på sin nutid. Han vill inte tänka
på det faktum att hans far hade vänt sig
bort från honom och ignorerat hans
vädjande röst och hans tårfyllda ögon.
Han vill inte minnas det ögonblicket då
hans far gick ut genom dörren, lämnade
honom bakom sig och förnekade sitt
barn.

Peter Michael kom från en liten by
som heter Sertetos Mariam, i norra
Shewa, där även avlidne Hewan Moges
kom ifrån. Han och Helen blev
förälskade när de fortfarande var unga.
De var varandras första kärlek, men
deras intimitet varade inte. De bröt upp

Översättning av: Haregewein Mersha

innan Dan föddes. Antingen var de inte beredda att bli föräldrar eller så var deras kärlek inte stark nog att hålla dem ihop.

Hon var tvungen att söka skydd hos Dans styvfar, Kelete Biru, medan hon bar honom i magen. Dan var bara tre månader gammal i sin mammas mage då. Han kom till världen under sin styvfars tak.

Dan förklarades som den biologiska sonen till sin styvfar vid födseln. Hans mamma hade inget annat val än att ljuga för att skydda Dan, eftersom hans egen biologiska far, Peter Michael, avvisade honom. Hon hade ingen inkomst eller försörjning när hon blev utslängd från sitt hem med Peter. Hon kastades som skräp.

Peter Michael levde ett ensamt liv efter att ha släppt taget om Helen, hans

Söker Efter Sig Själv

första kärlek. Han förlorade sin glädje
och blev orolig och plågad. Han led
också av olika hälsoproblem. Hans
njure och hjärta förvärrades tills han var
tvungen att opereras flera gånger.

Han kunde inte hitta en kvinna som
skulle dela hans liv med kärlek, respekt
och vision. Ingen kvinna i världen
kunde fånga hans hjärta. Han ägnade sitt
liv åt att hjälpa andra och försummade
sina egna behov utan anledning.

Många utnyttjade honom. Hans
nuvarande hembiträde var en av dem.
Hon hade tömt honom på alla hans
resurser och vägrade fortfarande att låta
hans barn få ha hans kvarlevor i fred.
Hon hade stulit hans pengar och
behandlade honom som en fånge.

Men på vägen träffade han en annan
vacker kvinna, som kände empati för
hans smärta och försökte läka hans sår.

Översättning av: Haregewein Mersha

Tillsammans fostrade de upp en underbar tjej, Lucy Peter, den lilla bruna chokladen, i denna värld.

Lucy Peter är en plikttrogen och lydig vacker kvinna. Men bristen på en kärleksfull far i hennes liv har gjort henne bitter och tveksam till livet på jorden. Hon dras till blues, om det finns något sådant.

Tyvärr har både Dan och Lucy aldrig känt sin fars värme och tillgivenhet. De växte upp av sina respektive mammor. Peter Michael verkade inte alls redo att bli pappa.

Han höll sig på avstånd från dem båda under större delen av sitt liv. Faktum är att Dan aldrig fick veta att han var Peter Michaels son. Hans mamma, framlidne Hewan Moges, gömde det för honom. Hon var en sorts mamma som log genom smärtan,

Söker Efter Sig Själv

torkade bort tårarna och firade glädjen,
en mamma som älskade villkorslöst,
brydde sig djupt och hjälpte generöst.
Ändå brukade hon berätta för honom
hur Peter såg ut och agerade.

"Han är väldigt stilig; en man med
stort mod, kunskap och förståelse. Han
är nöjd och nöjd. Han gillar att bära
dyra kläder. Hans outfits, hans slips,
hans skor, allt han bar var av hög
kvalitet och pris. Naturligtvis, han
brukade arbeta med ministrar och höga
regeringstjänstemän. Han var också en
av dem. Så det är inte konstigt att han
var välvårdad och välklädd. Men jag
tror att han älskade sig själv för mycket.
Jag säger detta för att han var så
självcentrerad. Han agerade som om
han var rädd för äktenskapet.
Skilsmässan från hans föräldrar hade
påverkat honom hårt. Min mamma bad
honom att gifta sig med mig, han

Översättning av: Haregewein Mersha

vägrade gång på gång. Jag tror att han var fruktansvärt tveksam. Han är obeslutsam. Han agerar inte i tid, särskilt när det gäller hans eget liv. Vi kunde ha varit tillsammans nu, om han hade fattat rätt beslut vid rätt tidpunkt av rätt anledning. Men det gjorde han inte, och det slutade med att vi splittrades. När Jag var gravid, han kastade ut mig från sitt hus på gatan.Jag vädjade till honom att inte göra det, men han var grym nog att göra det. När kärleken tar slut, slutar den illa."

Dan träffade sin pappa, Peter, för första gången den 20 augusti 2018. Dan var över 50 år då. Han flög från USA till Etiopien för att träffa sin far, kände sig otålig och orolig. Han längtade efter att få träffa sin pappa och krama honom med kärlek. Han var glad över att se sin vackra syster, Lucy Peter.

Söker Efter Sig Själv

Dan hade länge varit sugen på sann kärlek. Han hade aldrig upplevt det i hela sitt liv efter sin mammas död. Hon var den enda personen som gav honom djup tillgivenhet och sann kärlek.

När hon dog kändes det som att hans värld hade tagit slut. Och det hade den. Han drabbades av ensamhet och känslan av att vara tillbakadragen och distanserad. Han kunde inte hålla sig lugn och sörja henne. Han blev svag och hjälplös. Hon dog tisdagen den 23 april 2007 och begravdes på fredagen, fyra dagar senare. Under den tiden var Dan som en walking dead.

Dan åt eller drack ingenting på nästan tre dagar. Han hade ingen hunger eller kraft att äta. Han var extremt trött. Det var först efter att hennes begravning var över, Dan lyckades smutta på ett glas vatten sedan hennes död meddelades.

Översättning av: Haregewein Mersha

Det här är en av dikterna som Dan skrev till minne av sin mamma.

När du tonar bort

Förut brukade jag tänka,

en mor är sitt barns tjänare,

eftersom jag tog dig för given,

som en gudomlig välsignelse från Gud,

i denna dystra värld.

Efter det gick du för gott,

förgås i mitt eget sinne,

Jag har insett.

det är inte meningen att du ska stanna,

på denna skumma plats.

Söker Efter Sig Själv

Jag borde alltid säga

Tack - när du tynar bort.

Översättning av: Haregewein Mersha

Bidrottningen

Hewan Moges började sin mest förbryllande resa med att bli mamma, och gav Dan en plats att växa i hennes livmoder under nio fasta månader. Hon blev gravid med Dan från sin tidigare man, Peter Michael, och agerade som om Dan var hennes nuvarande mans barn.

Sedan dess var Dans liv höljt i mörker. Allt var gömt i det vilda. Han berövades den grundläggande mänskliga rätten att veta vem hans far var.

"Varför tror du att hon gömde all information om min far för mig?"

"Vi bestämde oss alla för att inte hänvisa till din far. För det första ville han inte erkänna dig som sitt barn."

Söker Efter Sig Själv

"Har min mamma berättat för honom om mig?"

"Det gjorde hon. Hon informerade honom flera gånger när hon väntade, och han vägrade att erkänna det. Efter att du föddes tog hon dig till honom så att han kunde krama sitt barn. Återigen vände han sig bort. Senare skickade hon en go -mellan några gånger; men han var fortfarande ovillig att göra något. Det har dömt oss alla."

"Jag förstår dig, varför berättade hon inte för mig då?"

"Hon var ivrig att berätta för dig. Men tänk på det här. Låt oss säga att hon hade berättat vem din pappa var. Du skulle gå och träffa honom, eller hur."

"Ja."

Översättning av: Haregewein Mersha

"Ja, din pappa kommer alltid att förneka att du är hans barn. Vad kunde du göra? Då fanns det inget DNA-test som idag. Du skulle vara maktlös. Du skulle bli krossad. Det skulle ha sårat dig djupt, Dan." Hon tog lite tid på att tveka på att säga något.

Sedan efter ett tag fortsatte hon sitt samtal med Dan "Men, för inte så länge sedan, när hon skulle ta Herrens nattvard, kände hon lust att berätta allt för dig. Jag sa åt henne att inte göra det, av rädsla för att du skulle tycka illa om din mamma för att hon gömde det för dig. Jag ber om ursäkt för detta dumma råd. Jag hade fel när jag rådde henne så dåligt. Men vad kunde jag göra?" återigen höll hon tyst i ett slags ilska.

Så plötsligt sa hon "Han hade inte för avsikt att gifta sig med din mamma, även om han behandlade henne som sin

Söker Efter Sig Själv

fru hemma. Han använde henne för sitt eget nöje och bekvämlighet, utan hänsyn till hennes känslor eller värdighet. Han brydde sig inte om hennes drömmar eller ambitioner, bara om sina egna. Han respekterade henne inte eller älskade henne, bara sig själv. När hon berättade för honom att hon väntade hans barn, gladde han sig inte eller omfamnade henne. Han tog inte ansvar eller erbjöd stöd. Han förnekade sitt barn och anklagade henne för att ljuga. Han sa åt henne att bli av med det eller gå. Han var en dålig far och en dålig man. Alla sagt, det var inte Guds vilja. Det är tråkigt att din mamma gick bort med denna hemlighet i sitt hjärta." Hon brast ut i gråt.

Han hörde en del av historien från sin moster, sin mammas yngre syster, medan han grät. Men han ville ha mer; han besökte sin andra moster och

Översättning av: Haregewein Mersha

frågade henne detsamma. Hon gav honom samma konto.

Dans enda farbror, doktor Lemma Moges, som han försökte diskutera sin far med, sa också till honom samma sak men med extra detaljer. Men hans farbror förbjöd honom att någonsin träffa sin far. Han var arg och rasande på Peter Michael.

Han sa "Du kommer inte ha några band med mig och min familj om du kontaktar din far. Han har förstört min systers liv för gott. Han har gjort henne olycklig tills hon gick bort."

Faktum är att alla, inklusive Dans styvfar, hans syskon och resten av familjen, har avsky Dan för att han ställt sig på hans biologiska fars sida. Den vänlighet Dan har visat sin far sågs som oförskämd och vulgär av familjen.

Söker Efter Sig Själv

Det där dumma misstaget att dölja Dan för sin biologiska far och inte ge honom faderns namn har fått Dan att lida och beklaga en livstid av vånda. Sanningen ska inte döljas. Det ska alltid vara öppet, synligt och tydligt för alla, alltid.

Men Dan kan inte radera de totala uppoffringar som hans kärleksfulla mamma gjorde för att få honom till denna framgångsnivå. Hon har alltid varit det mildaste vattenflödet som rinner genom hans liv för att forma hans karaktär och bana väg för hans prestation.

Det är därför Dan alltid säger: "Mödrar är en ovärderlig gåva en gång." Han undrar också "Vem skulle ha förstått den sanna innebörden av kärlek om det inte vore för några hängivna mödrars kärleksfulla hjärtan?"

Översättning av: Haregewein Mersha

Medan Dan är uppslukad av den tragiska historien om sin mammas liv, dök Martha upp i hans sinne och började ge honom sina råd.

"Du behöver inte oroa dig för din mamma. Jag är allt för dig. Du kommer snart att se henne i mig. Du vet det, hur mycket hon avgudade mig eftersom jag liknar henne mycket. Jag skulle vara hennes minnesmärke allt i ditt liv. Du kan känna hennes närvaro även i hennes frånvaro, så länge vi återförenas igen som vi gjorde i vår barndom. Kom ihåg att du var min man. Låt oss börja om igen."

Martha Molla strävar fortfarande efter en uppriktig kärlek. Hon vill att han ska återvända till den gamla ordningen igen där de hade barndomskärlek utan identitet. Då hade ingen av dem någon aning om vad sex

Söker Efter Sig Själv

var. De njöt oskyldigt av kärlek
eftersom de levde livet som det är. Nu
är de i en annan ordning.

Dan kan inte vara lika tom och tom
som tidigare efter att ha fått alla dessa
grader och färdigheter. Han är utbildad.
Han är en av de intellektuella i denna
fattiga värld. Även om han försöker
kommer samhället inte att acceptera det.
Han kommer att ses som onormal. Han
kan inte gå tillbaka till början och leka
kärlek med Martha som i sin barndom.
Han måste glömma vad han har lärt sig
och lära sig livet som det är.

Ovanpå det kommer Linda Dama, en
underbar kvinna som har levt med
honom i ett år på det tuffaste sättet.

"Vad ska jag göra med henne? Ska
jag fortsätta leva med smärtan att få mer
pengar än jag någonsin skulle kunna
använda tills de begraver mig som min

Översättning av: Haregewein Mersha

mamma, eller ska jag stå upp och tänka på att börja om mitt liv med Martha igen?" Dan ställde många frågor till sig själv.

"Jag försvarade mig från båda, Martha och Linda. De vill ta min frihet, för kärlek eller pengar. Båda, Martha och Linda, har en avgörande inverkan på mitt liv, för liv eller död. Så jag vägrade att vara en villig slav för kärlek eller pengar."

"Jag vet, jag kan inte leva om jag inte dör. Jag vill verkligen dö lite för mig själv och vara stilla och stå tyst hela livet." Viskade Dan i sitt innersta.

Han skulle älska det om han kunde dö medvetet och träffa sin mamma i kosmos. Hewan har alltid varit hans värld, som arbetar hårt för att försörja honom, men aldrig frågar eller klagar på någonting. Hon är hans mest älskade

Söker Efter Sig Själv

land. Han tror att han alltid lever i henne, i det förflutna, nu eller i framtiden. Faktum är att framtiden för honom är nu. Det finns inget som heter det förflutna.

"Ja, jag vet, jag kan inte vara långt ifrån identiteten, dagens sociala cancer, om jag inte är borta från mig själv. Jag vill inte se min mamma rastlös i fred. Jag är hennes barn. Jag är hennes medborgare. Jag måste vara medveten om vad jag gör. Jag kan inte främja identitetspolitik. Nej, min mamma är en stor kvinna, hon är ett land av alla nationer, hela mänskligheten." Dan började bråka med sitt inre.

"Men, kan jag vara borta från mig själv? Hur kommer min framtid att se ut? Kommer jag att ge efter för kärlek och välkomna Martha till mitt liv igen eller försöka behålla status quo, söka och arbeta för pengar genom att gå ihop

Översättning av: Haregewein Mersha

med Linda?" Ytterligare en massa
frågor dök upp i hans sinne.

   Hans längtande ögon rörde sig
försiktigt hit och dit. Hans små öron har
öppnat sina tarmar för hela kosmos.
Men han har aldrig hört eller sett något
som skulle kunna svara på hans frågor.
Allt som talades var uppvisningen av
hans egna uttryck. Det fanns ingen
annan än han, inte alls.

Söker Efter Sig Själv

Själsfränderna

Martha Molla delar många likheter med den bortgångne Hewan Moges. Hewan och Martha är de två kvinnorna som har en speciell plats i Dans hjärta. Hewan är hans mamma, som uppfostrade honom med villkorslös kärlek och offer. Hon var den enda personen som gav honom tillgivenhet och stöd i hans liv. Hon var vacker, med stora ögon, rak näsa och ett charmigt utseende. Hon var snäll, kärleksfull och omtänksam mot alla.

Martha är en kvinna som älskar Dan lika mycket som hans mamma gjorde. Hon var hans barndomsvän och älskling, som delade hans glädje och sorg. Hon är också vacker, med stora ögon, en rak näsa och en fängslande blick. Hon är snäll, kärleksfull och omtänksam mot Dan också.

Översättning av: Haregewein Mersha

De är båda anmärkningsvärda i sin livliga natur. Som de kosmiska cupidernas juveler är de underbara symboler för kärlek. Deras ögon är som två distinkta himlakroppar som kretsar runt deras ellipser.

De hade inte mycket formell utbildning, men de hade något mer värdefullt: inre kunskap och visdom. De lärde sig av sina egna erfarenheter, av sin intuition, av sin tro. De visste hur man älskar, hur man förlåter, hur man läker. De visste hur de skulle möta utmaningar, hur de skulle övervinna hinder, hur de skulle växa.

De visste hur man uppskattar skönhet, hur man uttrycker tacksamhet, hur man inspirerar andra. De var vackra, inte bara i sitt utseende, utan också i sin ande. De var två kvinnor som hade den inre kunskapen och visdomen på djupet.

Söker Efter Sig Själv

Hewan var den första kvinnan som Peter älskade, men han gifte sig inte med henne. Han avvisade henne och deras son, Dan, som växte upp utan att känna sin far. Martha var Dans barndomsvän och älskling, som ville att han skulle älska och gifta sig med henne. Men en annan kvinna, Linda, som var Dans gymnasiekompis, hade också känslor för honom.

Hon hade varit kär i honom sedan gymnasietiden, men hon berättade aldrig för honom. Hon kom tillbaka till hans liv och försökte vinna hans hjärta. Dan slets mellan Martha och Linda, som båda älskade honom och ville gifta sig med honom.

Livet var inte snällt mot Dans mamma. Hon dog ung och utan värdighet. Martha Molla lever fortfarande med stor ära. Dan respekterar Martha lika mycket som han

Översättning av: Haregewein Mersha

gjorde för sin mamma. Men ingen vet vad framtiden har för dem.

"Jag är säker på att Martha Molla är den bästa vägen till din ultimata glädje. Hon kommer att vara källan till lycka i ditt liv. Varför lyssnar du inte på mig? Jag känner henne som min egen ryggmärg; hon är en uppriktig kvinna av kärlek och respekt. Hur länge kommer du att hålla ut med dina smärtor?" sa Shemsu Ali.

Jag var tyst ett tag. Han kom in, bröt min tystnad och frågade igen: "Så vad tycker du, är hon inte ett bra val?"

Dan hade inget att säga till honom. Men Shemsu ville ha ett svar. Efter en tid rörde Shemsu mjukt vid hans rakade ansikte och sa: "Du borde veta, äktenskap utan kärlek är straff. Livet är för kort för att fiffla med ett sådant fånigt pussel. Jag uppmanar dig att föra henne närmare ditt hjärta. Hon är en bländande liten stjärna. Hon kan lätt lysa upp ditt frusna liv."

"Ta henne närmare ditt hjärta" skrattade Dan. Råden hade berört hans hjärta. Det påminde honom om sin mammas situation.

"Om du älskade honom så djupt, varför gifte du dig inte med honom?"

"Jag vet inte. Kanske var det för att jag var mindre utbildad än honom. Jag hade inget jobb, men han hade ett. Han var en respekterad minutskrivare för planeringsnämnden. Han var en begåvad författare. Han visste hur man använde ord."

"Än sen då?"

"Jag vill inte säga mer. Jag vill inte att du ska döma honom. Kanske

Översättning av: Haregewein Mersha

kommer du att träffa honom en dag.
Han ville gifta sig med en annan kvinna
som han. Hon hette Marry. Jag visste
allt om dem sedan han började uppvakta
Hon var sjuksköterska till yrket."

"Har du berättat det för honom?"

"Det gjorde jag, men det var
värdelöst."

"Varför?"

"Jag var inte utbildad. Utbildning
spelar roll min son. Det gör den
verkligen. Det är därför jag uppmuntrar
dig att studera hårt. Du borde ge allt.
Peter och jag kom från samma lilla by.
Vi var inte olika varandra i allt utom
vårt kön. Jag hade ett skarpare sinne,
men jag kunde inte gå i skolan medan
han gjorde. Detta skapade en klyfta
mellan oss. Han kunde inte föra mig
närmare sitt hjärta för att jag inte var

Söker Efter Sig Själv

utbildad."

"Jag var förvirrad. Jag var rädd att göra samma misstag som Peter Michael gjorde. Jag vill inte att fel sprids på något sätt eller till vilket pris som helst. Om det förflutna inte är bra för att bygga en bättre framtid bör det kastas bort som avfall." mumlade Dan för sig själv.

"Jag väntar på dig min kära. Vad säger du? Vill du ge Martha Molla en chans?" Shemsu Ali upprepade sina frågor till mig igen.

"Vad menar du?"

"Jag tror att jag är så vanlig som jag kan vara. Du behöver inte gå in i en tunnel där mörkret ligger framför dig. Det är ditt liv. Det ska inte finnas något skämt om det. Livet är en engångsgåva, så är kärlek. De är två sidor av samma

Översättning av: Haregewein Mersha

mynt. Du kan inte säga att du lever förrän du hittar det bästa av kärlek."

Shemsu Ali är inte så framgångsrik. Men han är en påläst och mångsidig man. Dan gillar hans åsikter. Ibland minns han sitt debattliv. Han vill inte stressa över någonting. Han vill ha ett lugnt sinne eller blir av med det genom att tugga khat, ett milt stimulerande grönt blad. Det ger honom känslor av välbefinnande, mental vakenhet, spänning och eufori.

"För det första vet vi inte var vi kom ifrån. För det andra har vi ingen aning om vart vi är på väg. Vi vet inte ens om livet dör. För mig kan livet inte dö och döden inte leva. De är ömsesidigt uteslutande. Vi är antingen levande eller döda. Men det finns ingen mening med någondera. Vi lever bara med kärlek. Livet är hemskt utan kärlek. Utan kärlek

Söker Efter Sig Själv

kan vi inte uthärda smärtan av att leva.
Du se det nu, det är därför du behöver
Martha Molla. Hon är din smärtstillande
medicin." skrek Shemsu.

Shemsu ser kärlek som en lugnande
medicin som lindrar smärtan från livet.
Han klarar inte livet utan kärlek. Det är
därför han är så feminin. Han slösar bort
det mesta av sin tid med damer. Han
älskar dem mycket. Han brukade säga:
"Det är honor som har huvudnyckeln till
kärlekens portar, min vän!"

Plötsligt vibrerade Dans telefon. Han
tog upp den. Det var Martha Molla. De
sa hej till varandra.

"Dan, jag är väldigt orolig. Jag kan
inte sova längre. Informationen du
delade med mig om Linda har förvirrat
mig. Snälla, berätta för mig nu; dras du
till hennes pengar, utbildning eller
makt? Vill du gå tillbaka till början och

Översättning av: Haregewein Mersha

börja från identitet?"

"Nej, jag behöver att du ska vara ärlig, vill du gifta dig med mig? Det är vad jag vill att du ska svara. Jag vill inte slösa bort min tid om du inte är glad över att ha mig i ditt liv. Ju mer jag stannar hos dig, desto mer låter jag kärleken växa i mig. Jag älskar dig redan tillräckligt. Jag behöver inte låta det öka i mig förrän det gör mig galen."

"Martha, du vet hur mycket jag älskar dig. Men för att ge dig något slags svar på om jag ska gifta mig med dig eller inte behöver jag lite mer tid. Jag måste skriva färdigt romanen jag jobbar på. Jag vill inte tappa fokus på det. När jag är klar med den här boken kommer jag att återkomma till dig och bestämma om vi ska gifta oss eller inte. Du förstår, den här gången spelar vi inte man och hustru som vi gjorde i vår

Söker Efter Sig Själv

barndom. Vi borde seriöst överväga
några faktorer och ta reda på om vi kan
klara oss till äktenskap eller inte.
Egentligen är jag inte sugen på
äktenskap. Jag är beroende av mild
kärlek."

Martha vill inte vänta. Hon har inte
tillräckligt med tålamod för det. Hon
vill att han ska säga: "Ja, jag ska gifta
mig med dig." Men Dan är inte redo för
det. Han måste avsluta sin strävan efter
sig själv, den ultimata sanningen först;
det är vad boken han skriver om. Det är
en roman baserad på en sann historia.

Linda vill faktiskt också ha svar från
Dan. Hon har också gjort en sorts gifta
mig-förfrågan till honom. Om han väljer
att inte gifta sig med henne kan hon
orsaka honom problem som han inte
kunde fly ifrån. Hon kunde göra hans
liv till ett helvete på jorden. Men
Martha verkar inte inse hur farlig Linda

Översättning av: Haregewein Mersha

är.

"Okej, men jag vill att du ska vara seriös med det. Nuförtiden hatar jag till och med mina drömmar. Mitt inre är inte lycklig. Jag känner att du har fallit i händerna på någon som kan vara ett hot mot ditt liv."

"Hur vet du? Om Linda är så riskabel?"

"Jag pratade med Teddy Gutta, en av dina bästa vänner, för några minuter sedan. Han berättade mycket om henne. Han berättade också hur mycket hon älskar dig."

"Varför ringde han dig?"

"Hon bad honom ringa mig och säga åt mig att hålla mig borta från den här saken, annars blir det skadligt för mig. För den delen är jag inte rädd för henne,

Söker Efter Sig Själv

så länge du inte påverkas av hennes varningar."

"Vem är det hon?" Han frågade som om han inte kände henne. Han gillade inte hennes försök att skrämma Martha så. Det var helt oacceptabelt för honom.

Översättning av: Haregewein Mersha

Den motståndskraftiga

Dan Peter ärvde många egenskaper från sin far, Peter Michael. De är väldigt lika i flera aspekter. För det första delar de samma talanger och förmågor. De är båda välutbildade talare och författare. De kan uttrycka sina tankar på ett övertygande sätt, både muntligt och skriftligt. För det andra har de jämförbara öden och förmögenheter. De möter samma hälsoproblem. Till exempel genomgick Peter Michael en hjärtoperation, och det gjorde Dan Peter också.

Peter Michael är missnöjd med sitt liv; hans son Dan Peter känner likadant. Även om de gör mycket för andra får de ingenting tillbaka. Även om de gör det för nöjes skull, slösar de bort sina pengar och tid för ingenting. Ändå märker ingen deras brist. De framstår alltid som glada och glada på ytan.

Dan Peter har aldrig haft tur med kärleken och livet. Inte heller hans älskade far, Peter Michael. Dan är rädd att han kan följa sin fars fotspår. Men vem vet vad framtiden har att erbjuda?

Helt plötsligt kom Linda in i hans sinne och började prata med honom "Jag har allt jag någonsin kan önska mig i livet: rikedom, utbildning, makt och inflytande. Jag är en av ministrarna i landet, och jag har befogenhet att fatta beslut som påverkar miljontals liv. Jag har en omtänksam chef, som stöttar mig i allt jag gör bara för den jag är. Jag tillhör en privilegierad etnisk grupp som åtnjuter många fördelar framför andra. Jag är engagerad i den politiska scenen och har många allierade och vänner. Jag behöver aldrig oroa mig för våldet och kaoset som plågar mitt folk. Jag har allt, förutom en sak: du Dan. Jag älskar dig

Översättning av: Haregewein Mersha

Dan, jag behöver dig väldigt mycket."

"Jag älskar dig också Linda. Men jag kan inte sälja min frihet för kärlek. Vet du vad, jag är från den etniska gruppen Amhara som utsätts för uppfattning och våld från det styrande partiet, som du är en del av. Vi har blivit utsatta för massakrer, fördrivning, svält och kränkningar av mänskliga rättigheter av era allierade, som anklagar oss för att vara imperialister och förtryckare. Tror du inte att vi behöver frihet före kärlek?" Hon sa inget i sin tur. Men Dan fortsatte att tala högt till Linda som antog ett utrymme i hans sinne.

"Frihet är det enda jag längtar efter mer än något annat. Frihet att välja min egen väg, att fullfölja mina egna passioner, att uttrycka mina egna åsikter, att leva mitt eget liv. Frihet att vara mig själv, inte vad andra förväntar

Söker Efter Sig Själv

sig att jag ska vara. Frihet att älska, inte vad andra säger åt mig att älska. Frihet är livets essens, källan till lycka, bränslet till kreativitet. Frihet är mycket bättre än kärlek. Det är vad, mitt folk Amhara, har gjort motstånd och protesterat mot det dominerande orättvisa systemet och krävt mer jämlik autonomi och representation i det federala systemet." Han skrek.

"Du kan inte ha frihet. Inte jag heller. Punkt. Vi är bundna av vårt samhälles regler och normer, av våra familjers förväntningar och skyldigheter, av ansvar och skyldigheter i våra positioner, av traditioner och seder i våra kulturer. Vi är alla fångade i en gyllene bur, ett vackert fängelse, ett bekvämt helvete. Vi kan inte fly, vi kan inte göra uppror, vi kan inte förändras. Det finns bara ett alternativ som jag kan se att älska varandra, gifta sig och

Översättning av: Haregewein Mersha

återuppta livet." Linda skrek också på honom.

"Vilket liv pratar du om?" Dan frågade henne om livet hon nämnde. Hans sinne drev till hans barndom, när han brukade klaga till Gud om sitt skolliv.

"Jag vet inte vad det innebär att leva. Jag vet bara vad det innebär att överleva. Min pappa ville aldrig ha mig, brydde sig aldrig om mig, älskade mig aldrig. Han lämnade mig ensam i denna grymma värld, där jag måste kämpa varje dag för mat, tak över huvudet och säkerhet. Jag har inget hopp, inga drömmar, ingen framtid. Jag har inget att leva för. Livet är en konstant smärta, en konstant sorg, en konstant rädsla. Döden är en ständig frestelse, en ständig flykt, en ständig lättnad. Men jag har inte modet att avsluta mitt liv. Jag har

Söker Efter Sig Själv

inte rätt att dö. Jag har bara
skyldigheten att lida. Liv och död är
båda mina fiender, och jag är deras
fånge."

Han tog lite tid på att tänka på
minnet. Jämförelsen han gjorde om liv
och död var inte ens klar för honom
själv. Men det var så Dan alltid var.

"Jag hade inte ens den
grundläggande rätten att bli uppkallad
efter min riktiga pappa. Min mamma
ville inte det av sin egen anledning. Jag
bytte nyligen mitt namn till min riktiga
pappa, Peter Michael. Vissa tycker att
jag inte har rätt att välj mitt eget namn."

Job hade övertalat hela familjen att
utfrysa sin äldre bror, Dan. De ställde
sig alla på Jobs sida och högg av Dan.
Hans andra syskon agerade som om han
var skräp. De pratade aldrig med
honom. De enda två som kände empati

Översättning av: Haregewein Mersha

för hans situation var hans yngre syster Lucy Peter och hans barndomsvän Martha. Shemsu och Teddy stöttade honom också. Men det var fortfarande tufft för honom att hantera den här situationen.

"Ja, min mamma avslöjade aldrig för mig vem min far var. Trots sveket bytte Dan sitt namn till sin biologiska far vilket gjorde hela familjen arg, speciellt Job.

"Har han inte rätt att bli uppkallad efter sin biologiska far?"

"Nej det är han inte. Min far var den som uppfostrade honom, matade honom, klädde honom och gav honom skydd. Hans far var ingenstans att se."

"Stöd är inte det som gör en pappa. Det är livet. Fadern är den som ger liv åt sitt barn. Ja, vi får våra kroppar från vår

Söker Efter Sig Själv

mamma. Jag är också mamma. Men det som håller oss vid liv idag är inte det stöd vi fått från våra föräldrar. Det är livet vi ärvt från våra fäder."

"Jag bryr mig inte om din nonsensfilosofi. Jag vill inte veta något om hans far. Det kommer varken jag eller resten av familjen att göra. Han är inte min bror längre. Han tillhör inte den här stora familjen heller, slut på historien." Det var samtalet mellan Marta och Job, som försökte lösa problemet och återförena de två bröderna i fred.

Job, hans fru och resten av familjen, inklusive hans syskon, har avvisat Dan. Hur mycket Dan än har försökt kontakta dem flera gånger så var det värdelöst. Han har plågats av att inte känna sin far på flera år. Han kommer att fortsätta lida plågan av att hitta sin biologiska far resten av sitt liv. "Dan, du har inte

Översättning av: Haregewein Mersha

svarat på min fråga. Gillar du inte Martha?" Den här gången är Shemsu mer seriös.

"Jag är mycket orolig för din hälsa. Du har diabetes. Du har haft en hjärtattack några gånger. Kom ihåg att din njure har börjat misslyckas. Vad väntar du på?" Shemsu Ali är en ärlig person. Han säger tydligt och uppriktigt vad han tycker.

Han uppmanar alltid Dan att vara proaktiv. Han är försiktig. Han har också diabetes. Men han lyckades övervinna det med en hälsosam kost och träning. Hans far och hans farbror dog av diabetes.

Shemsu vädjade till Dan, som också lider av diabetes, "Du är värdefull för mig. Jag vill inte förlora dig. Du behöver någon som kan stötta dig. Du kan övervinna diabetes om du hanterar

det bra. Men om du slarvar med det blir
det ödesdigert. Du vet att det är sant.
Det är dags att göra en förändring. Det
var därför jag presenterade dig för
Martha. Hon är inte ett skämt. Hon är en
välsignelse för dig. Förstår du mig?"
Han talade från sitt hjärta.

Under tiden fick Shemsu ett samtal
från Teddy Gutta. "Hej man, hur går
det?" han frågade.

"Jag mår bra, min bror." "Hur mår du
och Lety? Är hon okej?"

"Hon snyftar alltid, man. Jag tvivlar
på att vi kan få det att fungera. Hon har
pratat om skilsmässa på sistone."

"Kom igen, du måste ta itu med
henne. Hon är en trevlig person. Du
måste förbättra dig själv. Du måste sluta
dricka. Man bråkar bara när man är full.
Du vet att det var ett misstag, eller hur?"

Översättning av: Haregewein Mersha

"Det var inte därför jag ringde. Lyssna, Linda Dama vill knyta ihop säcken med Dan Peter. Hon är galen i honom. Hon kan inte se hans brister. Hon vill att du ska hjälpa henne genom att få Martha att lämna Dan ifred. Hon kommer att betala dig för din hjälp. Kan du skicka ditt konto till mig? Hon vill överföra $10 000,00 till dig."

"Jag kan inte göra det, Teddy. Det är fel. Dessutom är Dan med mig just nu. Om du vill prata med honom kan jag överlämna dig till honom."

Han sa: "Oroa dig inte, jag har en plan att prata med honom om en timme. Jag måste diskutera den här frågan med honom på allvar. Jag väntar på ditt meddelande. Hejdå." Teddy avslutade samtalet.

I ena änden kände Shemsu oro, och i en annan avvisade han erbjudandet och

Söker Efter Sig Själv

delade hela historien med Dan med tungt hjärta.

"Se det här, se vad som händer. Linda vill muta dig med pengar. Du bör avvisa henne och göra upp med Martha så snart som möjligt. Martha kommer att ge dig mer glädje och kärlek. Linda har ingen tid för sig själv, än mindre för dig. Jag är ledsen att säga detta men Linda är en oärlig person. Hon kan göra vad som helst under solen. Vad säger du?" Shemsu gav Dan många fler råd.

Linda visste att Dan inte var intresserad av henne, men hon var fast besluten att göra honom till hennes. Hon använde sina pengar och makt för att locka in honom i sitt nät av lögner och manipulation. Hon köpte dyra presenter till honom, erbjöd honom lukrativa möjligheter och lovade honom ett liv i lyx och berömmelse.

Översättning av: Haregewein Mersha

Hon hotade att förstöra hans karriär, rykte och relationer om han någonsin försökte lämna henne. Hon var besatt av honom, men inte av hans lycka eller välbefinnande. Hon ville ha honom som en trofé, ett pris, en ägodel. Hon älskade honom inte; hon älskade bara sig själv.

Å andra sidan älskar Martha Dan av hela sitt hjärta. Hon vill att han ska älska henne tillbaka och gifta sig med henne, men hon vill inte pressa honom eller manipulera honom. Hon respekterar hans fria vilja och frihet, eftersom hon vet att sann kärlek är en gåva från Gud, inte ett fynd med djävulen. Hon litar på att Gud har en plan för dem, och hon ber att Dan ska se hur mycket hon bryr sig om honom och hur lyckliga de kan vara tillsammans.

Dan är inte redo att älska och gifta sig med någon, inte Martha som älskar

Söker Efter Sig Själv

honom uppriktigt, inte heller Linda som frestar honom med sin skönhet. Han känner att han har ett högre syfte i livet, att hitta sitt sanna jag, det stora jag, och att se hans folkle fri från träldom och förtryck på grund av etnisk politik.

Han tror att kärlek och äktenskap är distraktioner från hans uppdrag, och att han bara kan engagera sig för någon som delar hans vision och värderingar.

"Titta Shemsu, du vet hur passionerad det är att skriva en roman om Amharafolkets frihetskämpar som kallas Fano. Jag har blivit inspirerad av deras kamp för frihet. Jag vill skriva färdigt den här boken som betonar behovet av frihet och sedan kärlek och respekt för att samexistera som människor i en nation. Jag hoppas att den här romanen kommer att öka medvetenheten och uppskattningen för Amharas kultur och identitet, och även

Översättning av: Haregewein Mersha

främja fred och harmoni bland alla etiopier. Tills jag avslutar det här projektet tror jag inte att jag kan vara involverad i någon tredje aktivitet i mitt liv."

"Så du är inte villig att tänka på Martha i ditt liv just nu, eller hur?"

Ödet

"Farväl" och jag är tvillingar i samma livmoder. Vi skapades samtidigt. "Farväl" kom ut först och jag följde efter honom. Min mamma tog farväl av Peter Michael innan jag såg världens ljus." Dan beklagade sig själv i ett ynkligt raseri.

Tyvärr plågas Peter för mycket av sitt minne. Speciellt är hans sinne fyllt av goda minnen från hans kärleksfulla och omtänksamma mamma, Hewan

Söker Efter Sig Själv

Moges som älskar honom utan gränser, bryr sig om honom djupt och hjälper honom generöst. Saker och ting blinkar tillbaka in i hans hjärta om och om igen.

"Vi har varit kära i flera år, ända sedan jag blev medveten om mig själv, skulle jag säga. Du är den enda jag känner, jag har och jag älskar. Jag tänkte att du kände likadant för mig. Men du har aldrig har bett mig att gifta mig med dig. Varför? Hur länge kan vi leva så här i luften, bara älska och njuta av varandra så här"

"Du är min bästa vän. Jag har älskat dig sedan vi var barn. Vi växte upp i samma lilla by. Våra hjärtan har alltid varit synkroniserade, skulle jag säga. Men jag är inte redo för äktenskap. Ibland är kärlek inte tillräckligt för ett bröllop. Tro mig, äktenskap är en falsk institution, det kan inte vara det enda målet för sann kärlek som vårt." Peter

Översättning av: Haregewein Mersha

gjorde en paus och blev tyst en stund.

"Jag fattar inte, Peter. Du måste öppna upp för mig. Vad är problemet som jag inte kan se? Jag trodde att du älskade mig mer än något annat, eller hur?"

"Självklart älskar jag dig. Du vet det. Men äktenskapet är ett stort ansvar. Det är inget man bara gör på ett infall. Men jag är rädd för att vara förälder." sa Peter Michael, sedan slöt han ögonen och snyftade en stund. Han är en man av sorg. Han gråter mer än han skrattar.

Hon släppte hans hand. "Jag gör inte det här på ett infall. Jag har tänkt på det länge. Jag vill vara din fru. Jag vill ha ditt namn och ditt liv. Jag vill bilda familj med dig."

Han kände en våg av rädsla. "En familj? Menar du barn?"

Söker Efter Sig Själv

Hon nickade. "Ja, barn. Vill ni inte ha barn en dag?"

Han skakade på huvudet. "Nej, det gör jag inte. Jag är inte redo för föräldraskap. Jag har inte tålamodet eller ansvaret eller kompetensen att uppfostra ett barn. Jag vill inte förstöra någons liv på det sättet."

Hon tittade chockat på honom. "Skämtar du med mig? Du är en av de mest snälla och generösa och smartaste människorna jag känner. Du skulle vara en underbar pappa."

Han skakade på huvudet igen. "Jag kan inte göra det. Jag kan inte ta den chansen. Jag kan inte ge dig något som jag inte är säker på att jag kan hantera."

Hon kände tårar i ögonen. "Så det är det? Du ska bara gå ifrån oss? Från vår framtid?"

Översättning av: Haregewein Mersha

Han vände sig bort. "Jag går inte ifrån oss. Jag älskar dig mer än allt annat. Men jag kan inte ge dig vad du vill ha." Han suckade.

"Ser du inte; jag är livrädd för att bli pappa. Jag är rädd för att göra samma misstag som min pappa gjorde med mig. Han var grym och arrogant. Han övergav mig i famnen på min mamma sedan min födelse. Jag växte upp av en styvpappa som jag trodde var min riktiga pappa. Den här mannen var hård och hård mot mig. Jag har lidit mycket som jag inte kan berätta för dig nu. Jag vill inte bli en sådan pappa ."

Hon sträckte ut handen för att röra vid hans ansikte. "Du är ingenting som honom. Du är en bra man. Du har övervunnit så mycket i ditt liv. Du har hjälpt mig att övervinna så mycket i mitt. Du har så mycket kärlek att ge."

Söker Efter Sig Själv

"Hur länge kan vi leva så här då?"

"Så länge vi kan få det att fungera. Förresten, jag gillar det så här. Det är så sött, om du frågar mig." Han gav henne ett kort svar. Hewan Moges var inte nöjd med det.

"Vad är det för rykte jag hör om din andra förlovning?" Hon hade informationen om att han var tillsammans med en annan kvinna.

"Hon är bara en annan kvinna." Jag har inte bestämt mig för att gifta mig med henne heller. Hon friade kärlek till mig. Vi gick på samma gymnasieskola. Hon är inget speciellt för mig. Förresten, vem har berättat om henne?" Hon svarade inte på hans fråga, hon sa inte heller något.

Hon grät bara i en halvtimme. Hon skulle berätta för honom att hon var

Översättning av: Haregewein Mersha

gravid med hans barn, men hon hade inte modet. Han verkade inte bry sig om henne längre.

Peter Michael lämnade henne i rummet och gick till sitt kontor. Han såg henne aldrig igen. Hon gifte sig med Dans styvfar samma dag. Hon lämnade hemmet med Dan i magen och Dans pappa i hjärtat.

Ändå hade Peter Michael en chans att hålla sin son, prof. Dan, på sitt bröst när han var ett år gammalt barn. Hewan Moges hade tagit med prof. Dan till sin far, Peter Michael, för att fira hans födelsedag. Men det hela slutade med att han inte alls ville erkänna sin son. Han tryckte tillbaka den lilla ungen i famnen på sin mamma och gick. Sedan dess har Peter aldrig sett sin son förrän nyligen.

Prof. Dan förde båda sina föräldrar i

Söker Efter Sig Själv

sin fantasis trädgård tillsammans igen.
Hans mamma flög in från den andliga
världen. Hans pappa kom in från den
fysiska världen. Då och där ställde han
dem bara en enkel fråga. "Vad gick
fel?"

När de tittade på varandra för att få
svar, flög Martha Molla in som en
snabb ande. Prof. Dan hade inte tänkt på
henne vid denna tidpunkt i en kritisk tid.
Han ville att de tre, han och hans
föräldrar, skulle vara ensamma.

"Skulle du acceptera mitt
kärlekserbjudande och gifta dig med
mig?" sa Martha Molla och kysste
honom rakt på hans läppar. Hon
kramade honom också hårt. Dan
verkade inte vara nöjd med henne. Men
han ville inte knuffa bort henne.

"Martha, jag vet att du älskar mig
mycket. Men mitt hjärta är stängt för

Översättning av: Haregewein Mersha

kärlek. Jag har redan varit med om den här farliga blå vågen ett par gånger. Jag vill inte att den ska träffa mig för tredje gången. Om den gör det , jag kommer inte att klara det."

"Kärlek verkar vara en välsignelse vid första ögonkastet; det är en våg om den inte tas om hand så väl. Det var därför han kallade den en blå våg." sa Dan till sig själv.

Enligt honom är egot kärlekens skapare. Det gör det från damm av sina själviska motiv. Kärlek är från sig själv, för sig själv och av sig själv. Det har aldrig varit för en tredje part. Alla kärlekar skapades för egen skull.

"Jag arbetar för att separera jaget från jag, min mest inre människa. Att förstå jaget skulle göra mig inte bättre, inte bäst, utan rätt. Det skulle rädda mig från kaotiskt liv. Bara då skulle jag leva som jag skapades, om jag verkligen var skapad." En annan viskning kom över Dans sinne.

Helt plötsligt kom han ihåg vad hans mamma, Hewan Moges hade sagt till honom när han fortfarande var barn. "Jag hade frågat Peter om han fick gifta sig med mig. Han har aldrig svarat på den frågan ännu. Tills nyligen brukade han alltid ångra sin obeslutsamhet. Det har gjort mest ont i honom. Jag har sett honom lida av såren från sin episod tills datum." En klocka ringde i Dans sinne medan hans mamma berättade för honom om hennes försök att föreslå äktenskap till sin far.

"Vilket sammanträffande, Martha har bett mig om samma sak. Jag kan fortfarande inte svara på hennes förfrågan. Kommer denna tystnad att hålla i sig till slutet och få mig att ångra som min pappa?" frågade han sig själv.

Översättning av: Haregewein Mersha

"Vem kan säga framtiden? Historien upprepar sig ibland först som en tragedi och sedan som ett skämt." Han svarade på sitt interna samtal.

Inkluderande hälsning

Det är ännu en vacker dag igen. Dans föräldrar står fortfarande i en djup tystnad i trädgården av sin sons fantasi. De har inte pratat på ett tag nu. Tystnaden har tagit bort deras dyrbara tid tillsammans. Hans underbara mamma, framlidne Hewan Moges, tittade upp på sin stilige far.

Han tittade ner på hennes fantastiska ögon. De stirrade på varandra en stund. Känslor och känslor flödade mellan dem. En gränslös kärlek har gjort de två paren från olika världar synliga och fantasifulla.

Båda verkade vara medvetslösa. De höll på att blekna ut och in. Efter ett tag

Söker Efter Sig Själv

började tårarna rinna nerför deras respektive ansikten. De överväldigades av snyftningar. På något sätt kom de närmare varandra. Dans mamma, Hewan Moges, lutade sig mot hans bröst. Dans pappa, Peter Michael, höll henne i djup kärlek som om hon levde. De fortsatte att gråta som om de återförenades som älskare igen.

"Jag har alltid saknat dig, Hewan." sa Peter Michael i ett oändligt lugn. Hans röst var mild och brännande. Den var fylld av värmen av tillgivenhet. Äkta känslor och längtande kärlek har väglett hans ord.

Just där kunde Dan se hur mycket de älskade varandra. Men livet var inte alls snällt mot dem. Det lät dem inte stanna tillsammans. De hade lovat att hålla ihop; oavsett vad livet kastade på dem. Men livet hade andra planer. De försökte få det att fungera, men livet tog

Översättning av: Haregewein Mersha

hårt på deras förhållande. De började
växa isär, kämpa mer, förlora gnistan
som en gång hade tänt deras passion.

"Samma här, Peter Michael." Hewan
Moges tittade upp för att se hans ögon
igen. Han gjorde detsamma. De såg
varandra för andra gången i tårar.
"Varför gömde du min son för mig så
långt, Hewan? Var jag så dålig för dig?
Förtjänar jag det?" Han frågade.

Hans tårar har blött hennes vackra
långa hår. Han kysste hennes huvud
uppifrån och ner och vädjade hela tiden
att hon skulle ge honom ett svar. Han
har väntat på det nästan hela sin livstid.
Hans kärlek till henne är evig. En het
och fräsch känsla steg från hans själ.

Hon var tyst. Hon ville inte säga
något. Hon tittade på Peter Michaels
stiliga ansikte genom att vara lite
avtrubbad på hans bröst.

Söker Efter Sig Själv

Det var första gången för Dan att se sina föräldrar tillsammans, även i sin egen fantasi. Han önskade om de kunde komma till livet. Han kunde bevittna kärlek som böjer livets vägar i varandras omloppsbana.

Peter Michael upprepade samma fråga som han ställt många gånger tidigare. "Varför gömde du min son för mig?"

Hon svarade honom inte med ord, utan med tystnad. De förstod varandra utan att tala. Ibland kan tystnaden säga bättre än ord. Hennes tystnad verkade säga till honom: "Jag har förklarat det för dig om och om igen, men du lyssnade aldrig på mig."

"Hon vill inte säga det inför mig. Hon tror att det kommer att göra mig ont. Hon tror att jag kommer att hata min pappa för att ha avvisat hans enda

Översättning av: Haregewein Mersha

son." Viskade Dan för sig själv.

"Men det kanske inte är den verkliga anledningen. Kanske finns det något annat. Hur som helst, jag vet fortfarande inte sanningen. De håller det mellan sig. Jag kan inte förstå vad de kommunicerar till varandra. Jag är inte alls på samma sida med dem." tänkte Dan för sig själv.

"Varför höll du mig i mörker om min far och sålde mig till någon annan?" frågade han sin mamma.

Dan ville veta roten till problemet. Att ha någon som inte var hans pappa som hans pappa var svårt. Det hade gjort honom mycket ont. Hans mamma, Hewan Moges, ignorerade hans fråga. Han frågade henne igen.

"Jag vet att du vill ha svaret. Men det här är inte rätt tidpunkt. Du kommer att

Söker Efter Sig Själv

få reda på det snart, Dan." Hans mamma svarade. Plötsligt kom han ihåg den sorgliga historien som Martha Molla hade berättat för honom för några dagar sedan.

"Varför höll du din förstfödda hemlig? Hatade du barnet?"

"Nej, det gjorde jag inte."

"Så varför? Varför berättade du inte hela historien, åtminstone för hans far? Varför tog inte hans pappa sitt ansvar? Du hade fel!" Jag skrek åt henne.

"Nej, jag hade inte fel, Dan. Det blev bara så. Jag hade inget att säga till om i frågan. Det gjorde min mamma. Jag var bara tonåring."

"Jag förstår det inte, Martha; Detta är galet. Vi pratar om ett barn som blev övergivet. Förstår du det?"

Översättning av: Haregewein Mersha

"Jag gör; du inte. Du har aldrig blivit utsatt för sexuella övergrepp. Men det har jag, när jag inte ens visste vad sex var. Jag har lidit av smärtan. Jag vet hur det känns."

Martha Molla bröt ihop i tårar. Dan kunde inte lugna ner henne. Hon var upprörd. Men han fortsatte att försöka trösta henne.

Till slut sa hon: "Det finns en tid att skada. Det finns en tid att läka också. Det här är min tid att läka. Du är min helare. Av den anledningen bryr jag mig inte om du klandrar mig. Men snälla ställ mig inte den frågan igen? Det gör mig så ont."

Martha har uttryckt sig bra. Hennes sår hade talat nog. Dan kunde se henne inuti. Hennes smärta var djup och lång. Men hon hade hanterat det modigt. Hon var den starkaste personen någonsin.

Söker Efter Sig Själv

Hon kunde skapa ett liv av helvetet. Martha var en vision av skönhet, med sitt långa, silkeslena hår, sitt strålande leende och sina gnistrande ögon.

Hon hade ett snällt och mildt hjärta, som visade sig i varje ord och gest. Hon hade en charmig och kvick personlighet, som fick alla att skratta och njuta av hennes sällskap. Hon hade en graciös och elegant stil som passade henne perfekt. Hon var en fröjd att se, en fröjd att känna och en skatt att älska. Hon var den vackraste, kärleksfulla och mest attraktiva tjejen i världen.

Dan tittade genom mitt sinne och såg sin mammas vackra ansikte i hans tankar. Hon grät också. Han såg tillbaka på Marthas ansikte. Hon grät också. Sedan såg han det sårade såret i deras hjärtan. De var svårt sårade. I själva verket rann hett blod fortfarande ut ur deras sår. Den var fortfarande fräsch

Översättning av: Haregewein Mersha

och försvann aldrig. Det gjorde ont nu och alltid. "Jag kommer inte att ställa den här frågan igen. Men jag svär för mig själv att aldrig göra det av någon anledning." Dan lovade sig själv.

Men han ville fortfarande veta varför hans far, Peter Michael, inte ville ha honom som ett litet barn. Vad hade hänt om hans far hade vetat sanningen. Det var en livslång fråga i hans sinne.

Det blev tyst igen. Mitt i stillheten svävade Dan över sin fantasi. Han ville också veta den andra sidan av historien. Om hans far Peter Michael inte hade fått veta sanningen, "Varför gömde de det för mig?" Denna fråga har förföljt honom länge.

"Jag vill ha fred innan jag dör. Jag vill inte lämna den här världen med ett mysterium. Jag behöver någon som kan hjälpa mig att avslöja sanningen i

Söker Efter Sig Själv

saken." mumlade Dan.

Han var ensam och hjälplös. Alla agerade som om de inte visste något om det. Men han hoppades ändå att tiden skulle avslöja sanningen en dag.

Översättning av: Haregewein Mersha

Brännande smärta

Shemsu Ali förbereder lunch. Han är en sorts rolig kock. Han vet hur man kombinerar saker och gör välsmakande och hälsosam mat av dem. Han gillar att laga mat som om det vore ett bra spel. Han är som en väldigt bra vän som får alla att känna sig avslappnade och glada. Han kan lätt förvandla vanliga ingredienser till extraordinära måltider.

"Lunchen är klar. Låt oss gå till bordet." sa Shemsu.

"Snälla ge mig lite mer tid." frågade Dan.

Han kämpade fortfarande med sinnet. Han tillbringar det mesta av sin tid i djup frid och tystnad. Hans föräldrars föraktfulla handling blandat med Martha Mollas söta kärlek har

upptagit för mycket av hans minne.
Äktenskapsförslaget från Linda Dama
är en annan smärta som han kämpar
med.

Allt blir uttorkat i hans sinne. De har
inte lämnat någonstans. Han kände en
skarp värk i bröstet när han såg sin egen
frihet lämna honom, ryggen mot honom.
Hans hjärta verkar i alla fall ge efter för
kärleken. Han ville ropa ut friheten vid
dess namn, vädja till den att få stanna
hos honom. Men han visste att det var
meningslöst. Han hade fattat sitt beslut.
Han ville inte ge upp kärleken på det
sättet.

Han kände en tår glida nerför hans
kind, sveda i huden som syra. Han
undrade hur lång tid det skulle ta för
smärtan att avta, för såret att läka, för
ärret att försvinna. Han undrade om
kärlek någonsin skulle vara en bättre
handel mot frihet.

Översättning av: Haregewein Mersha

"Inga bekymmer, du kan ta din egen tid. Men glöm inte att vi måste träffa min fru. Vi har ett möte med henne idag kl 11:00. Jag vill lösa min tvist med henne. Om hon inte är nöjd med mig måste vi skiljas. Jag kan inte slösa bort mitt liv. Damer inser inte när de trycker bort kärleken. De kommer till känsla efter att det har försvunnit."

"Säker!" Dan gav honom ett kort svar.

Han var inte på humör att ta itu med en tredje part för tillfället. Han behövde sitt eget utrymme ett tag. Han har en levande bild av Fate Uda. Han har träffat henne tre gånger redan. Han kunde inte övertala henne att lösa deras äktenskapsproblem. Hon är en seriös utmaning, väldigt envis och uthållig. Hon är som en hård sten. Hon kan inte svängas.

Söker Efter Sig Själv

Fate Uda är en annan version av Linda Dama. Båda är besatta av pengar. De lever för det. De tillber det som en Gud. De accepterar eller behåller aldrig något i sitt liv om det inte har en betydande avkastning. Dessutom är de svåra att hantera.

De vet båda hur de ska argumentera och rättfärdiga sig själva även när de har fel. Ödet Uda vill att Shemsu ska knäböja och tillbe henne som en kärleksslav. Hon vill inte att han ska dela med sig av deras pengar. Närhelst han ställer frågor om pengar och egendom föreslår hon skilsmässa.

Hon vill alltid att han ska klara sig med en tom plånbok. Linda Dama vill hälsa Dan välkommen eftersom hon tror att han har tillräckligt med dollar för att lösa hennes valutaproblem. I båda fallen talar pengarna.

Översättning av: Haregewein Mersha

Shemsu är inte villig att gå tomhänt i skilsmässa, och inte heller Dan att falla i famnen på Linda, som är girig och grym, redo att göra vad som helst för att nå sina mål. Hon har inga skrupler om att ljuga, fuska eller manipulera andra för att få det hon ville.

Hon bryr sig bara om sig själv och sin makt, och har inget verkligt intresse av välmåendet för de människor hon representerar. Hon är kall och arrogant och behandlade alla runt omkring henne med hån och respektlöshet. Hon har inga vänner, bara allierade och fiender. Hon har ingen kärlek, bara lust och fåfänga. Hon är en tjej som hade allt, men ingenting alls. Shemsu älskar henne inte alls.

"Vad jag behöver är kärlek och medveten vila i frid. Jag är väl medveten om det faktum att kärlek kan

Söker Efter Sig Själv

skapa frid som garanterar ett livskraftigt liv i gengäld. Jag behöver kärlek, inte pengar." Dan förklarade sig själv innerst inne. Shemsu är lite annorlunda i detta avseende. Han behöver både kärlek och pengar. Enligt honom är pengar livets rikedom medan kärleken är en krydda. Dan måste övertala åtminstone en av dem att komma till en punkt, att hålla med eller inte.

"Förresten, ringde Teddy dig?" frågade Shemsu.

"Ja, det gjorde han?" Jag svarade.

"Hur är det med Linda?"

"Vi var alla tre på ett konferenssamtal."

"Så vad tycker du?"

"Om vad?"

Översättning av: Haregewein Mersha

"Linda Dama?"

"Ingenting."

"Du kan inte vara i ett halt läge längre. Du måste fatta ett beslut. Du måste gå antingen för Martha eller Linda. Båda är vackra damer. Du känner dem väl ganska länge. Höger?" Dan sa inget i gengäld. Istället ignorerade han honom medvetet.

Han har en tydlig bild av vad som händer bakom kulisserna. Shemsu ändrar sig. Han föredrar nu Linda Dama framför Martha Molla. Han måste ha tagit kampanjjobbet; Linda har anställt honom för en provision på 10 000 USD.

Fate och Shemsu har tre anständiga barn tillsammans. De var en gång i en mycket passionerad kärlek. Shemsu är en snäll man som älskar sina barn högt. Han är inte särskilt utbildad, men han

Söker Efter Sig Själv

arbetar hårt för att tjäna tillräckligt med pengar för att försörja sin familj. Han vill inte skilja sig från sin fru Fate, som han gifte sig med av kärlek.

Ödet, å andra sidan, är en välutbildad kvinna som inte bryr sig om kärleken och sina barn. Hon vill skilja sig från Shemsu, som hon gifte sig med av bekvämlighet. Hon är väldigt känslig och girig. Hon tjänar tillräckligt med pengar på sin sjuksköterskeskola, men hon vill att hennes man ska stressa mer genom att köra taxi dag ut och dag in. Hon är missnöjd med deras äktenskap och deras liv.

De har bott över ett decennium under samma tak. Ändå och allt, de har inte tillräckligt med kompetens för att lösa problemet som uppstår mellan dem. Detta är inte unikt för dem. Många andra par har ingen aning om hur man hanterar kärlekskriser. När de är

Översättning av: Haregewein Mersha

tillsammans fortsätter de att smaka på varandras söta kärlek.

Men när de skiljer sig förvandlas de till fiender. De flesta av dem kan inte tysta dammet i deras förhållande på samma sätt som människor. Detta har blivit en djupt rotad politisk kultur även i landet. Penna och pistol ligger alltid på bordet medan politiker sitter för disunion. När det inte går bra med pennan, tar de upp pistolen och går till djungeln för att slåss. Under tiden får medborgarna betala priset för problem.

"Jag ställer mig själv ibland den här frågan. Speciellt när jag ser det politiska dramat som utspelar sig i Etiopien blir jag chockad. Mitt sinne förvirrar mig. Mitt tårade jag faller isär framför mina ögon. Hur kommer det sig att en man vågar förgöra en annan man för den han är och vad han tror på? Är inte det

Söker Efter Sig Själv

väldigt frustrerande?" En viss röst larmade Dan.

Han såg sig omkring. Det var Marthas röst som svävade över bergen i hans sinne. Martha Molla är en liten bländande fågel. Hon flyger från hörn till hörn i mitten av Dans sinne. Otroligt nog, var han än är, hon är. Var han än bor bor hon. De verkar vara baksidorna i varandras liv.

Historien upprepar sig. Hans mamma, Hewan Moges, och hans pappa, Peter Michael, brukade vara i en liknande kärleksform tills de skildes åt. Martha och Hewan verkar identiska i många fall som Peter och hans son är. Dan har ganska observerat dessa likheter.

"Det var ett tag sedan jag märkte likheter mellan min mamma och Martha Molla. De har ett vackert litet men runt

Översättning av: Haregewein Mersha

ansikte. Deras ögon är vita och klara.
De ser långt och väl. Deras näsor är
vertikalt raka och vackra, de delar
ansiktet skarpt under ögonbrynen. Det
är svårt att skilja dem åt när de skrattar.
De låter likadant." Dan nämnde några
av matcherna mellan livets två
drottningar.

Plötsligt sa Shemsu Ali, "Snälla, låt
oss äta vår lunch, Dan!" och drog ut sin
Dan från sin fantasivärld.

Dan var inte redo för lunch. Han var
helt instängd i sitt eget pussel. Han
förtärdes av sina egna tankar. Han gick
genom taket och tittade upp en stund
och gick tillbaka till sina tankar. Hans
mamma, Hewan Moges, var fortfarande
tyst. Hans far, Peter Michael, var frusen
och stirrade på henne. Martha försöker
trösta honom och hjälpa honom att ta
sig ur sin svåra situation. Hon är alltid

Söker Efter Sig Själv

där där han kämpar med livet. Hon ger hans liv en paus för att vila.

"Det här är det enda stället som vi tre kan träffas på. Kan ni hjälpa mig genom att svara på min fråga som föräldrar? Vad gick fel? Och var ramlade den av lastbilen?" Dan var lite högljudd och ställde den här frågan igen.

"Släpp det, låt det gå Dan. Du behöver inte oroa dig för mycket om det förflutna. Det är redan borta. Gå framåt, se på din framtid och hantera ditt liv idag." Martha sa några ord.

Ändå hoppades han att en av hans föräldrar skulle svara på hans fråga. Inget kom från dem i gengäld. Han var inte nöjd med deras tystnad. Han visste inte vad han skulle göra härnäst. Den enda personen som talade till hans hjärta var den där klargula stjärnan, Martha Molla.

Översättning av: Haregewein Mersha

"Tiden läker, Dan. Ge tiden en chans. Det kommer att berätta sanningen. Besvära dig inte. Släpp det, Dan. Släpp det. Ta det lugnt och låt oss äta lunch nu. Bordet är klart." Sa Shemsu med en befallande ton.

Men Dan svarade inte. Shemsu uppmanade honom igen och sa "Om du inte är nöjd med att äta lunch hemma kan vi gå ut." Den här gången svarade Dan med ett slags ansiktsuttryck.

"Låt oss gå ut. Jag svälter." Efter några minuter lämnade de huset för lunch. Men de har ännu inte bestämt vilken restaurang de ska gå till.

Söker Efter Sig Själv

Hyllning

Himlen är fylld av dunkel ånga. Den är angripen av mörk vattenrök. Seattle är för kallt, som vanligt. Dan kändes som om hela världen fryser över honom. Han darrade inuti sin filt. Ändå är hela riket i ett slags hett firande, en fest av sorg. Det känns som om det är en sekund ifrån domedagens attack.

"Kommer Marthas mamma att kunna undkomma denna attack?" Jag frågade Shemsu Ali.

"Jag tror inte att hon skulle kunna om inte Martha Molla avslutar sin kärleksaffär med dig. Som jag sa till dig är Linda Dama en fara. Du borde inte ha blivit inblandad med henne. När du väl är i hennes grepp finns det ingen väg ut. Du kommer att dö där om hon inte låter dig gå." Shemsu gav Dan lite mer

Översättning av: Haregewein Mersha

detaljer.

"Förresten, vem backar henne? Hur kommer det sig att hon har all denna makt i ett land av lag och ordning?" frågade Dan. "Ett land av lag och ordning . . ." Shemsu upprepade mina miner och brast ut i skratt igen.

"Det finns ingen lag och ordning i ett land där regeringsdynamiken drivs av identitetspolitik. Det kan det inte vara. En viss etnisk grupp har alltid rätt och står över lagen. Så har det varit de senaste trettio åren, och så kommer det att vara de närmaste åren. Jag ska berätta detta för dig." Han talade med en sorts ilska.

Oro och frustration rann ut ur hans mun. Efter att ha tagit ett långt andetag fortsatte Shemsu att prata. "Låt mig berätta för dig, Dan. Marthas mamma är i sjuttioårsåldern. Utöver det har hon

Söker Efter Sig Själv

några hälsoproblem. Om de sätter henne i fängelse är jag säker på att vi inte kommer att se henne igen."

"Än sen då?" frågade Dan honom av rädsla.

Han vet att Linda Dama har anställt Shemsu. De arbetar alla tillsammans för att få Martha ur bilden.

"Det är bättre att informera Martha. Hon borde vara medveten om situationen. Vem vet? Att känna till problemet kan hjälpa henne att vidta lämpliga åtgärder i tid. Har du något emot att jag ringer henne och ger henne några varningar?" frågade Shemsu.

"Vänta, jag måste tänka på det. Jag kanske borde ringa Linda först och diskutera det innan något annat." Dan gav honom en tydlig instruktion.

Översättning av: Haregewein Mersha

"Jag tycker inte att det är en bra idé att prata med Linda. Jag hoppas att du inte gör det. Det skulle förvärra saken."

"Vad menar du, förvärra saken? Vem är Linda Dama? Är hon någon som står över lagen? Hur kan hon tro att hon kan få kärleken att komma hem till henne på det här sättet? Låt mig vara tydlig med er; Jag är inte den personen. Är det något jag vill ta med mig till min grav så är det min frihet. Hon kan inte tvinga på mig någonting genom att pressa Martha och hennes familj. Martha är en exceptionell kvinna. Hon har inget annat än kärlek. Hon är kärlek själv."
Dan var för högljudd.

Dan blev för utmattad. Han har en hjärtrelaterad sjukdom. Han bad Shemsu om en flaska vatten och satte sig på sängen. Han gav mig vattnet. Dan smuttade ett par gånger. Han ville svalka sig en stund. Han slöt ögonen en stund.

"Mår du bra? Behöver jag ringa 911?" Shemsu frågade honom titta på sin situation. Han stod bredvid.

"Nej, jag vill bara vara tyst ett tag." Han gav honom ett kort svar. Shemsu gick ut väldigt långsamt. Dan följde efter honom med ögonen.

"Mitt hjärta var trött. Jag kan inte hantera ilska. Jag är inte en man av förbittring. Ilska och orättvisa förstör mitt liv väldigt lätt. Linda har irriterat mig. Jag kan inte vara nöjd med henne så. Hon gör det inte rätt." Så många tankar och reflektioner rör sig hit och dit i Prof Dans sinne. Han kunde inte ta en paus, även med slutna ögon.

"Jag är den blå vågen i ditt liv. En våg av kärlek och liv som har kommit

Översättning av: Haregewein Mersha

uppifrån. Jag är den utvalde, den utvalda. Jag måste göra dig till kungen i mitt liv för alltid. Jag är drottningen som bara du kan kröna, ingen annan!" viskade en mild röst i hans öron.

Det var Martha Molla igen. Hon kom som en plötslig översvämning och sköljde bort all hans ilska. På ett ögonblick fyllde hon honom med frid och hopp.

"Linda Dama är en röd våg. Hon är köttslig och från denna världsliga värld. Kom ihåg att hon är en röd våg. Hennes syfte är att irritera dig. Och genom att göra det för att få dig ut från livets domstolar. För hennes liv är ett spel på spelarens bord. Jag kan inte spela; Jag kan bara inte. Jag är inte för det. Jag älskar och ger liv. Det är vad jag är kallad att göra, och det kommer att göras mot dig." Dan samlade ihop all

Söker Efter Sig Själv

sin känsla och började reflektera över vad han har hört från Martha Molla.

Han ställde sig på benen igen och sa: "Lektion lärd."

Rösten till Martha har inspirerat honom mycket. Ändå är problemet inte löst. Marthas mamma har problem för ingenting. Linda jobbar på att sätta kedjor på sina oskyldiga händer. Dan kände att jag måste ringa Linda Dama och prata med henne om det med henne.

Shemsu Ali är fortfarande utanför. Dan ville gå ut och gå med honom. Han tog några steg mot porten. Han hörde honom prata med någon i telefon.

"Han var arg på mig. Jag tror inte att det är en bra idé att sätta Marthas mamma i fängelse. Det kommer inte att fungera."

Översättning av: Haregewein Mersha

"Hon är redan hållen."

"För vad?"

"Jag sa ju att Linda Dama inte är en lätt person. Hon är allvarligt kär i Dan. Du vet, hon har pengar och makt. Det enda hon har kvar är berömmelse. Hon kommer snart att bli känd genom att gifta sig med Dan. Han är en välkänd vetenskapsman i USA. Dessutom är han en känd poet och romanförfattare. Det är tillräckligt bra för att hon ska bygga vidare på sitt rykte. Dessutom älskade hon honom från hjärtat. Hon har känt honom sedan gymnasiet. Då var hon kär i honom. Man, hon kan inte släppa den här mannen."

"Jag är orolig. Han satt sjuk på sängen när jag berättade planen för honom. Jag är rädd att vi alla kan förlora honom. Han har ett allvarligt hjärtproblem. Han kan inte hantera

Söker Efter Sig Själv

pressen. Teddy, om han dör kommer vi att ångra det."

"Du behöver inte oroa dig för mycket för honom. Han kommer att bli okej. Vi måste kunna lägga honom i hennes händer, så går vi iväg med våra pengar. När de väl är gifta kan han skilja sig från henne om ett år och gå tillbaka till Martha. Förresten, jag planerar att närma mig Martha Molla."

"Vad? Vad ska du göra med Lety? Du har varit med henne i över 30 år nu. Ni har varit tillsammans sedan hon var 16."

"Jag är inte orolig för det förflutna. Jag är alltid pro framtid. Jag vill bygga en bra morgondag. Dessutom är jag inte nöjd med Lety. Hon är inte en fredens kvinna. Jag vet att hon älskar mig mycket, men vad kan jag göra åt det. Hon ger mig inte chansen att älska

Översättning av: Haregewein Mersha

henne tillbaka. När jag försöker kyssa hennes läppar biter hon mina med dåliga ord."

Efter allt detta kunde Dan inte stå still och fortsätta höra dem. Han kände sig förrådd. Han blev väldigt olycklig över båda. "Hur kommer det sig att en bror-cum-vän har ett sådant hjärta att byta ut sin bror mot pengar?" Han var djupt chockad.

Efter att ha funderat ett tag sa Dan: "Jag var tvungen att hantera det här på ett klokare sätt. Jag måste vara smartare än dem. Jag måste agera som om jag inte gjorde det, jag är inte medveten om någonting." Sedan öppnade han dörren och gick ut.

"Är du fortfarande här." Han frågade Shemsu med ett slags grinande min.

"Mår du bra? Du ser väldigt bra ut

Söker Efter Sig Själv

nu. Vad hände?" Shemsu ställde en meningslös fråga till honom och gick tillbaka till sin telefon.

"Jag är ledsen, jag måste ringa tillbaka." Han la på.

"Har du i telefon?" frågade Dan.

"Låt oss gå och hämta lite Khat. Vi är båda olyckliga idag. Vi måste slappna av lite." sa Shemsu. De klev in i bilen.

"Vill du fortfarande äta lite först?"

"Du kan ta mig vart du vill tills jag hittar min egen väg?" Jag svarade. Av sitt svar kunde Shemsu se att Dan inte var nöjd med honom.

"Efter maten vill jag se din fru för sista gången; Jag vill inte sitta för Khat. jag har inte tid. Jag måste gå hem snart. Mitt flyg är planerat till imorgon."

Översättning av: Haregewein Mersha

"Om lösningen inte kommer att fungera, kommer jag att åka med dig till Virginia och själv ta en paus från det här problemet. Jag har varit utsliten." Vi kom överens och begav oss till en etiopisk restaurang.

Söker Efter Sig Själv

Kärnjaget

Dan har sett allt på sig själv och andra: en framgångsrik karriär, en vacker fru, en lyxig livsstil och en kraftfull position. Men han var inte glad. Han kände sig tom och rastlös, som om något saknades i hans liv. Han insåg att han hade jagat fel saker, saker som inte gav honom sann tillfredsställelse och glädje. Han bestämde sig för att lämna allt bakom sig och ge sig ut på en andlig resa. Han ville hitta sitt sanna jag, jaget som var kopplat till hela skapelsens källa. Han ville uppleva lyckan att vara ett med universum. Han ville överge allt och söka sig själv.

Shemsu, å andra sidan, är en generös och osjälvisk person som alltid sätter andra före sig själv. Han bryr sig inte mycket om sina egna behov eller

Översättning av: Haregewein Mersha

önskningar, men han oroar sig mycket
för sina vänners och familjs
välbefinnande och lycka. Han läser inte
själv för att han tror att han inte har
tillräckligt med tid eller utbildning, men
han älskar att köpa böcker åt andra som
kan läsa.

Han tycker om att ge dem böcker
som han tror att de kommer att gilla
eller lära sig av, och han lyssnar på dem
med intresse när de delar med sig av
sina tankar och åsikter om böckerna.
Han anser att läsning är en värdefull och
berikande aktivitet, och han vill stödja
och uppmuntra andra att läsa mer.

Shemsu Ali letar efter några böcker
att köpa till sin vän, Dan, som en
adjögåva. Han vet hur mycket Dan Peter
älskar att läsa, särskilt på långa
flygresor, så han tänkte att han skulle
glädja honom med några titlar som kan

Söker Efter Sig Själv

intressera honom. Han har kollat på några av de bästa böckerna att läsa på ett flygplan, enligt olika källor. Vissa av dem är fiktion, andra är facklitteratur, men alla är fängslande och njutbara.

The Help av Kathryn Stockett är en av böckerna Shemsu Ali har valt att köpa. Detta är en kraftfull och rörande roman om livet för svarta pigor och deras vita arbetsgivare i Mississippi på 1960-talet. Den berättas utifrån tre olika kvinnors perspektiv som bildar en osannolik allians för att skriva en bok som avslöjar sanningen om deras samhälle.

Han hade också valt den klassiska romanen Pride and Prejudice av Jane Austen och den moderna romanen The Fault in Our Stars av John Green. Den förstnämnda boken handlar om den kvicka och livliga Elizabeth Bennet och den stolte och högmodige Mr Darcy,

Översättning av: Haregewein Mersha

som övervinner sina fördomar och missförstånd för att hitta sann kärlek.

Det är en berättelse om uppförande, social klass och romantik i 1800-talets England. Den andra boken handlar om två tonåringar med cancer, Hazel och Augustus, som blir förälskade efter att ha träffats i en stödgrupp. Det är en berättelse om humor, mod och tragedi som utforskar meningen med livet och döden. Men från alla böcker som gavs till honom gillade Dan The Notebook av Nicholas Sparks.

Det här är en romantisk roman om en äldre man som läser en anteckningsbok för sin fru, som lider av Alzheimers sjukdom. Anteckningsboken berättar historien om deras unga kärlek på 1940-talet och hur de övervann hindren från krig, klass och familj för att vara tillsammans. Det är en berättelse om

Söker Efter Sig Själv

hängivenhet, lojalitet och minne.

Dan Peter själv anses allmänt vara en av de mest inflytelserika och älskade romanförfattarna i afrikansk litteratur. Han skrev ett stort antal romaner, alla undersökte temat kärlek, äktenskap och social klass i modern tid. Hans romaner är kända för sin kvicka dialog, realistiska karaktärer och subtil ironi. Dan fokuserar på att utöva mindfulness, vilket är medvetenheten om självtankar och känslor utan att vara fäst vid dem.

Han vill utveckla en starkare känsla av självkänsla, vilket är en subjektiv känsla av hans personliga värde eller värde. När han är fri från självsinnets inflytande kan han börja uppskatta sina egna färdigheter, förmågor och egenskaper och inte jämföra honom med andra eller söka extern validering. Han brukar säga: "Den här världen är inte verklig. Det är ett drömlikt

Översättning av: Haregewein Mersha

välstånd. Vi kan inte inse det förrän vi lär känna oss själva. Böcker är de enda tillflyktsorterna till denna insikt."

Han tror starkt på läsning som den viktigaste beståndsdelen i självprestation. Ja, läsning har hjälpt honom att bygga vidare på sitt intellekt. Det har gjort honom till en intellektuell i slutet av dagen. Det var dock inte hans mål. Hans mål var att upptäcka sig själv och på så sätt ha en klar förståelse för allt omkring honom.

Den information han har samlat in och samlat i sitt minne under hela sitt liv hjälpte inte heller. Han visste inte att han var tvungen att fokusera på saker inom sig själv snarare än att förstå saker från den yttre världen. Information, även om den är väl analyserad och systemiserad, kan den inte hjälpa att upptäcka sig själv. Det kan ha viss

Söker Efter Sig Själv

betydelse för överlevnaden, det vill säga det! Det hjälper inte utöver att överleva.

"Vad jag behöver fokusera på är uppenbarelsen som kommer inifrån, som tänder min allvetande obehag. Jag tillbringade det mesta av min tid med att kämpa med mig själv, utan hänsyn till mig. Därför är jag inte säker på vem jag är än. Vad är jag?" frågade Dan sin inre man.

Martha Molla flög in i hans uppmärksamhet innan svaret har kommit. Hon är en så vacker blomma som reser sig ur en samtidig. Han njuter av henne som en kall vind som driver fram i en torr öken. När hon blåser i hans liv blir allt i ordning.

"Kärlek är allt, Dan. Det är ett viktigt ämne som håller livet meningsfullt. Livet kan inte leva utan kärlek och vice versa. Tills du vaknar av kärlek är du

Översättning av: Haregewein Mersha

inte medveten. Du vet inte den ultimata sanningen, jaget. Vill du inte ha ett sånt liv? Du behöver kärlek. Jag är din kärlek. Du kan resa dig upp med mig; du kan inte bli kär. Jag är ditt enda val."

Martha Molla är en fantastisk intelligens, mycket djup, bred och allomfattande. Hon är det verkliga jaget som är allt i ett. Ibland kan inte Dan förstå henne. Hon springer över hans sinne. Hon ser ut som hans modiga mamma. Hon liknar också hans vackra syster, hans lilla Lucy Peter.

Ibland är hon som hans bästa vän, vad inte? Hon är otroligt allt i ett för Dan. Hon kan ta hand om honom som en mamma. Hon kan krama honom som en syster. Hon kan leka med honom som en vän. Hon kan gå med mig som en pacemaker.

Linda Dama, å sin sida, tror på

Söker Efter Sig Själv

ackumulation. Hon har mycket i butiken. Hon är en välutbildad intellektuell. Hon har mycket information i tankarna. Hennes minne är nästan fullt. Det har gett henne så många identiteter. Hon är MBA, revisor, interlunar, investerare, you name it. Hon är rik på saker. Hon har aldrig tänkt på intelligens.

Ingenting är en substans för henne. Hon kan inte känna sann kärlek. Livet är fysiskt för henne. Hon oroar sig inte för en tredje person. Hon tänker aldrig för sig själv också. Hon kan tyckas att hon gör det, men hon ser det inte. Kort sagt, Linda Dama är ett slående intellekt. Hon är ett släpande moln av briljans men begränsad i sitt eget rum och tid. Hon kan inte ta sig utanför sitt rike.

Både Martha och Linda kämpar i min omloppsbana för kärleken. Dan är deras

Översättning av: Haregewein Mersha

slagfält. Kriget kan pågå oändligt. Icke desto mindre behöver han alltid sin frihet.

"Får jag det?" en annan fråga dök upp i hans huvud.

"Dan, om du kunde lyssna på mig, Linda Dama är en utomjording. Hon är en rymdinvaderare. En utomjordisk varelse utanför ditt rike. Du är en intelligent varelse som inte kunde leva livet medvetet. Jag kom till din omloppsbana för att hjälpa dig att bli av med ditt konvulsiva liv och få dig att förstå sanningen. Vi är en och samma. Du lever i mig, och det gör jag i dig. Ville bara göra det till en medveten rutin." Martha är en oändlig närvaro.

Hon förstår livet bortom den mänskliga termosfären. Hon är uppe på jagets högsta plats och uppfattar allt som ett. Ändå går hon in på detaljer och

Söker Efter Sig Själv

kritiserar grunden för den sociala strukturen hos allmänheten hon har utgått från.

"Du vet, vi är alla homo-sapiens, mänskligheten, oavsett. Trots det är homo-sapiens inte vår identitet. Det är vår klass av vara. Vi är i familjen som jag är. Trots det lever vi i ett samhälle som kämpar utifrån etniska profiler, som samlar pengar i korruption och som kommunicerar i avsky. Se upp ditt steg, Dan. Linda är en av dem."

Martha kommer alltid och viskar inuti Dans sinne och försvinner direkt. Oftast håller han med om hennes idéer. Återigen, han är inte där ännu. Han är obeslutsam som sin far, Peter Michael. Han tar för lång tid att bestämma sig. "Jag vill inte upprepa mig själv. Han förlorade matchen med min mamma, avlidne Hewan Moges, helt enkelt för att han var en intellektuell. Han kunde

Översättning av: Haregewein Mersha

inte nå samma nivå av intelligens som min mor."

Viskade Dan för sig själv. I själva verket försöker Martha Molla driva Dan mot att förverkliga sig själv och få sitt liv rätt. Linda Dama å sin sida drar i benen från att söka den ultimata sanningen, jaget. Han är i mitten och kämpar för frihet. Han föredrar att gå på egen hand snarare än att bli dragen eller knuffad av en tredje person.

Ändå ger Martha Molla honom aldrig tid att sätta sig ner och analysera sina tankar. För henne bearbetas och exekveras tanken av intellektet som analyserar data som lagras i minnet. En sådan analys kan inte hämta vatten. Det ger inte önskad frukt. Det är allt som visar det bedrägliga sinnet.

Som vanligt flög Martha över som kärlekens amoriner och svävade på

Söker Efter Sig Själv

Dans sinne. Hon försökte övertala honom genom sina sinnesövergripande miner. Han motsatte sig lika mycket under hela deras diskussion.

"Jag kan inte släppa min frihet! Låt mig gå. Jag kan inte bli kär igen. Kärlek kan inte existera alls."

"Det gör det, kärleken lever. Men du kan inte känna det när du är med utomjordingar. Du måste ha en egen termosfär. Du måste komma ut från ditt sinnes rike först. Om du vill befria dig från ditt sinnes inflytande, är jag din väg. Det finns ingen annan än jag! Aldrig!"

"Som man behöver jag min frihet. Bryr du dig inte om det? Människan är född fri och hon måste behålla sin frihet."

"Det finns ingen frihet utan kärlek.

Översättning av: Haregewein Mersha

Jag berättar det här. Kärlek har inget val. Du är kär, eller så lever du inte. Glöm friheten. Det finns inget liv utan kärlek. Jag är den kärlek du behöver, och du förtjänar. Det finns ingen annan, inte en enda. När vi gör det tillsammans, då blir du hel för att hitta din frihet. Du kan inte vara hel utan mig. Tills du gör mig till din är du inte fri." De bråkade djupt och långt.

De har aldrig bråkat så här hårt. Dan höll sitt huvud och upprepade deras dialog. Han gick igenom det en efter en och ord för ord. Hans sinne vidgades. Han höll på att brista i sin egen fantasi.

Helt plötsligt vibrerade hans telefon. Han kom ur tanken. Han andades långt och djupt. Han ville slappna av en stund. Men, han kunde inte göra det. Hans telefon vibrerade igen. Han tittade på uppringarens ID. Det var Martha

Söker Efter Sig Själv

Molla igen. "Dan, min mamma är fängslad. Jag måste åka till Addis."

"Varför? Varför fängslades hon? Vad är det?"

"Jag vet inte. Hon greps hemifrån av stadens polis. Det är allt. Jag måste gå och ta reda på det själv."

"Nej, du behöver inte åka till Addis utan mig. Det kommer att bli farligt för dig. Addis är inte längre en säker plats. Lagen är inte i sin ordning. Det finns människor där som är bortom och över lagen. Vi måste göra det tillsammans."

Till slut kom de överens om att träffas i Addis Abeba inom en vecka, och de lade på luren. Dan bestämde sig för att gå först. Sedan kommer Martha att följa honom om några dagar.

"Martha Molla har ingen aning om

Översättning av: Haregewein Mersha

vilket skumt spel Linda Dama spelar.
Jag var inte beredd att berätta för henne
heller. Jag måste ringa Linda först och
prata med henne om händelsen. Jag
måste få anledningen till varför hon fick
Marthas mamma fängslad från hästens
mun." Han talade till sitt inre tagen av
ett slags panik.

   Han kunde inte tro att Linda Dama
skulle göra detta för att pressa Martha
att dra sig tillbaka.

Ducky Spray

Det var en skarp och klar dag i Seattle, med en klarblå himmel och en mild bris. Även om det var kyligt var det en ganska bra morgon. Seattle kan inte göra det bättre. Det är alltid regnigt och ösregn. Det var trots allt tre dagar efter nyår. Regn är ganska normalt då. Dan tittade upp en stund genom fönstret på bilen, en 2012 Toyota.

Shemsu Ali sitter på förarsätet. "Hur känns det?" frågade Shemsu Ali.

"Inget speciellt; det är en kylig och frostig gryning igen." Dan svarade.

"Du är i Seattle. Okej. Jag har aldrig sett en solig dag bättre än den här sedan jag var här." Shemsu svarade.

De var på väg till Shemsu Alis hustrus kontor för ytterligare ett

Översättning av: Haregewein Mersha

diskussionskrig. Fate Uda är en mycket hårt slående defensiv kvinna. Om hon intar en position, tackar hon aldrig nej, vad som helst! Himlen var fylld av dunkel spray. Det var för kallt. Ändå var Dan för varm innerst inne. Han blev större och större. Han svällde i kärlek.

Martha Molla var i telefon med honom. Hon pratade, och han lyssnade och svullnade. Het kärlek rann ut som en ström av ett vattendrag mellan deras ömma hjärtan.

Allt hon pratade om var kärleken och livet. Sedan började hon berätta för honom om våldtäktsincidenten som hon stötte på när hon var tonåring. Det var djupt bedrövat.

Dan var djupt krossad när han lyssnade på hennes berättelse. Han försökte få tag i sina känslor. Ändå kunde han inte göra det. Han bröt ut i

Söker Efter Sig Själv

tårar. De grät tillsammans en tid.

Martha Molla är en väldoftande doft. Hennes doft av livet doftar som himlens rökelser. Hon vet hur man leker kärlek med ordens kraft. Hon är också en väl bevandrad talare och övertygande talare. Hon vet hur man sätter ihop sina idéer. Efter en tid ändrade Martha ämnet för sin chatt för att lätta upp stämningen.

"När ska du till Addis?"

"Jag går en dag efter att du kommer. Ikväll är jag hemma igen. Inom två-tre dagar kommer du också över." Jag svarade.

"Bra. Men tills jag kommer måste du se upp. Du måste vara klok med Linda."

"Du behöver inte oroa dig för det. Jag vet vad jag måste göra. Förresten, om du inte har något emot det vill jag

Översättning av: Haregewein Mersha

att du avslutar den tragiska historien, tack. Det har tagit all min uppmärksamhet." Till sist fortsatte hon med sin våldtäktshistoria.

"Jo, det arrangerades av min egen bästa vän. En eftermiddag tog hon mig hem till våldtäktsmannen. Avsikten var att få hjälp med våra läxor. Vi var några gymnasieelever då. När vi väl kom in i rummet stötte jag på den där fruktansvärda händelsen. Dan, sedan dess hatade jag mänskligheten som helhet. Jag hatade mig själv också. Jag bestämde mig för att hålla den i mörker och ta den till graven. Tyvärr började min mage växa ut. Jag visste inte hur det kändes att vara gravid. Sedan var jag tvungen att berätta allt för min mamma. Du är den andra personen som känner till den delen av mitt liv. Vänligen förvara den i mörker. Jag sa det här för att jag inte vill dölja det och leka med

Söker Efter Sig Själv

dig. Kärleken är oskyldig och gömmer sig aldrig."

"Så vad hände med barnet? Avbröt du det?" Jag avbröt henne och ställde en dum fråga igen. Efter ett djupt andetag fortsatte Martha.

"Nej, han föddes, men jag hade aldrig en chans att bli hans mamma. Han fick inte heller möjligheten att lära känna sin pappa. Han var ett olyckligt barn Dan."

"Vänta, det barnet är som jag själv. Var är han nu?" Jag frågade henne med ett slags brådska. "Jag har ingen aning, Dan. Jag har aldrig sett honom. Han är uppfostrad och uppfostrad av andra vårdnadshavare som jag inte har någon aning om. Samma dag som jag födde honom tog de bort honom från mitt bröst. Han var med mig bara ett tag. Jag fick inte ens amma honom." Hon grät

Översättning av: Haregewein Mersha

sakta men djupt över telefonen.

Dan kunde känna och förstå hennes känslor. Han grät med henne igen. Efter en tid kom han ur sin känsla och sa: "Nej, det kan inte hända. Vi måste hitta och få tag i honom." Han var ovanligt högljudd. Han talade impulsivt ut med ett överflödande lugn.

"Vi kan inte. Ingen vet var fan han bor." "Hur är det med din mamma?"

"Det gör hon inte heller."

"Jag kan inte acceptera det. Jag sa att barnet är jag. Jag kände att du berättade min egen historia. Min mamma födde mig när hon bara var 22. Peter Michael, min pappa, var inte redo att bli pappa. Därför var de tvungna att skiljas åt när jag bildades i min mors sköte.

Sedan var hon tvungen att gå från

Söker Efter Sig Själv

min pappas armar och gifta sig med en annan man som heter Dawit Lema. Tills nyligen hette jag Dan Dawit. Jag bytte namn väldigt nyligen." Martha Molla lyssnade på min berättelse i tårar.

"Din är mycket bättre. Du är åtminstone uppfostrad av din mamma."

"Du kanske tror det, men för mig är min far där jag kommer ifrån. Jag borde inte berövas honom. Du ska inte lämna utan din son, hans far också."

"Vad kan du göra Dan. Du kan inte leva livet på ditt sätt. Istället följer du den när den drar dig i sin väg. Av dem var jag inte så mogen att tänka djupt och framåt. Jag antar att din mamma måste ha varit i min situation också. Jag kompromissar inte. Både din mamma och jag har gjort misstag. Kan du förlåta oss båda, för din och min sons vägnar? Låt mig vädja till dig om din förlåtelse,

Översättning av: Haregewein Mersha

tack." Dan kände hennes tal djupt i mitt hjärta.

Han försökte inte skylla på dem. Oavsett vad kunde de inte göra något åt det. De var hjälplösa och hopplösa. De hade inga pengar ens att ställa upp sitt eget dagliga bröd på bordet. Inget skydd, ingenting. De brukade vara beroende av en tredje person, Martha var på sin pappa och hans mamma på sin nya man. Båda höll händelsen gömd för sina brödvinnare av rädsla för att de skulle kastas ut.

"Vilka misstag pratar du om. Du har inget fel alls. Jag har inget agg mot er båda." Jag fortsatte att gråta ett tag. Hon försökte hjälpa mig att stoppa min klagan. Jag kunde inte ta stopp. Det tog mig lite tid.

"Jag vet inte varför jag ibland blandar ihop Martha med min mamma.

Söker Efter Sig Själv

Jag känner att Martha är ännu ett bra tillfälle att njuta av min mammas närvaro i hennes frånvaro. Jag ser min mamma gå i Martha Mollas kropp." Shemsu Ali, körde försiktigt över sin bil till vägkanten och parkerade.

Sedan tittade han på mig i ett slags ångest och sa "Du klarade inte av dina känslor. Vad hände Dan? Var är din självkontroll?" Han frågade.

Som vanligt sa jag inte ett ord. Han tog sedan mobilen från mig och började snabbt prata med Martha. Hon svarade inte heller på honom. De enda få orden hon sa var "ge mig tillbaka till Dan, snälla." Han blev förvirrad. Många saker gick genom hans huvud. Han hade ingen aning om vad som hände mellan oss, och därför kunde han inte hjälpa till.

"Snälla sluta snyfta som en hund och

Översättning av: Haregewein Mersha

säg mig, vad är felet?" frågade han igen.
Dan var hängiven av sin egen vånda.
Han kunde inte svara på sin fråga. Han
grät djupt i hjärtat. Allt han behövde var
lite utrymme. Han ville bara vara för
mig själv och sörja situationen en stund.

Till slut gick Shemsu Ali med Dan i
tårar. Han började gråta. Tyvärr är han
en man med mjukt hjärta. Sorgen ligger
honom väldigt varmt om hjärtat.
Tårdroppar är inte så långt från hans
ögon. Han gillar klagan med alla som
skriker. Tvärtom, det är väldigt svårt för
honom att spränga i skratt. Han är en
man av sorg.

Efter ett tag kunde Dan lugna ner
mig själv. Oturligt nog är Dan inte
heller känslomässigt en stark man. Han
har gått igenom många bränder och
vatten. Ändå och allt, han blir
känslosam när det gäller en kvinna i

Söker Efter Sig Själv

allmänhet och hans mamma i synnerhet. Hon hade varit till döds ett antal gånger.

Av alla tragiska berättelser som hans mor har stött på, lever den som utspelade sig för fyrtiotvå år sedan i hans minne som alltid färskt. Den fruktansvärda och chockerande händelsen inträffade i Etiopien, ett välsignat och heligt land där han föddes och växte upp.

"Snälla, lämna mig ifred, lämna mig ifred och släpp mig. Snälla, slå mig inte som en orm. Jag kan inte släppa taget om mitt barn. Han är din egen son. Snälla, låt oss inte skada hans sinne. Han kommer att vara någon imorgon. Alla kommer att passera. Det kommer att försvinna. Allt kommer att blekna ut; snälla ha tålamod med mitt barn och mig. Jag kan inte lämna honom ifred. Han har ingen att ta hand om honom utom mig." Det var hans mamma som

Översättning av: Haregewein Mersha

grät för sitt liv och Dan sjönk på marken
och hennes make slog henne överallt på
hennes kropp. När han talade, grät hon
som vad som helst. Hennes ansikte var
täckt av hennes tårar. Hennes näsa rann
som ett påslaget rör. Hon kunde inte stå.
Han hade slagit henne hårt på ryggen.
Hon kröp som en varm på golvet. Den
bilden lever fortfarande i hans sinne.

Allt Dawit Lema sa var: "Kasta din
son. Jag vill inte se honom under det här
taket." Då var Dan bara åtta eller nio år
gammal. Han var inte så stark för att
göra något till försvar för sin mamma.

Trots det grät han också med sin
mamma, ylande av rädsla och skrek av
fasa. Dan var bestört och visste inte vad
han skulle göra. Ingen var i närheten för
att skona hans mammas liv. Till slut, när
Dawit Lema var för trött för att krossa
henne längre, lämnade han henne på

Söker Efter Sig Själv

marken.

"Jag är så ledsen att jag inte kunde hjälpa. Jag önskar om ni delar er smärta med mig. Vad är fel? Ni gråter. Jag är orolig." Shemsu uttryckte sin ångest.

"Det här är något mellan mig och Martha." Jag svarade. Den här gången var Shemsu Ali lite förbryllad. Det kändes som om det var något de försökte dölja för honom. Han var en slags skuldkänslor för vad han gjorde mot dem med Teddy. Så småningom gav han mig telefonen tillbaka och han började köra bilen till sin frus kontor.

"Det här blir tredje gången jag pratar med henne. Detta kommer att vara slutet på det. Jag tänker inte slösa mer tid på den här frågan. Men jag försökte hårt och jag kunde inte övertyga henne om någonting. Hon låter mig inte prata alls. Vi går och hon pratar. Vi lyssnar på

Översättning av: Haregewein Mersha

henne och kommer tillbaka. Det var praxis hittills." Jag förklarade för honom hur vi diskuterat hittills, även om han har sett dem alla. Ändå är Shemsu fortfarande optimistisk.

"Den här gången skulle hon ge oss en chans att uttrycka vår sida. Jag hade en väldigt bra dröm inatt. Jag har sett henne välkomna hem med öppna hjärtan och sträckta armar" berättade Shemsu sin dröm.

"Kommer min dröm att födas fullt ut?" frågade Dan.

Söker Efter Sig Själv

En tjänarinna

Seattle har många toppar och dalar. Vädret är för hårt. Landskapet är inte lätt att sätta upp. Ändå körde Shemsu Ali och Dan Peter fortfarande till kontoret. Fate Uda är en hårt arbetande kvinna. Hon har ett slags sjuksköterskeutbildningscenter. Hon är en framstående sjuksköterskelärare i Seattle. Hon älskar utbildning. Hon arbetar för närvarande för en annan examen inom ett annat ämnesområde. Men hon hatar att hennes man går i skolan. Hon vill att han ska vara en bo hos en make.

"Vi kommer att hitta det här barnet i alla fall. Förresten, vet dina andra barn om honom?" Dan ringde igen och fortsatte prata med Martha.

"Inte alls, som jag sa tidigare, det är

Översättning av: Haregewein Mersha

jag och min mamma, som vet om det,
nu är du tillagd. Jag vet inte ens hur jag
vågade berätta det här för dig. Jag är så
ledsen att jag störde dig. Som ni väl vet
är jag det enda barnet i familjen. Jag har
inga syskon, inte ett enda. Jag har varit
med så många människor, men av
någon anledning är du den enda mitt
hjärta litade på. Jag vet inte vad
framtiden har att erbjuda för oss, men
jag älskar dig uppriktigt och älskar dig i
hela mitt hjärta sedan vi var barn."

"Jag gör detsamma, Martha. Jag
älskar dig också. Jag älskar alla. Jag kan
inte hata människan. Ändå, Martha, från
och med nu är du som min mamma, du
är min syster, du är allt jag har. Vi
kommer att ha varandras rygg. Tack för
att du uppmärksammade mig på detta.
Tack för att du litade på mig så långt.
Jag är din bror. Jag kommer att stå vid
din sida." Dan gav henne många löften.

Söker Efter Sig Själv

Hon tog dem alla så mycket hon kunde göra det. Ändå lät hon inte nöjd med hans ord. Efter lite tystnad sa hon, "Förresten, jag har sms:at dig några av mina bilder, okej?"

"Det låter bra." Dan svarade. De verkar inte avsluta sin chatt. Hon tröttnar aldrig på att prata med honom i telefon. Han blir aldrig uttråkad av att lyssna på henne. De pratar alltid mycket om sin barndomsvänskap. De diskuterar sitt kyrka- och skolliv. Hennes mamma, Roman, lever fortfarande. Hon är en godhjärtad och generös kvinna, som älskar sin enda dotter oreserverat, kopplar in henne i hennes drömmar och utmaningar och fostrar henne till att bli den bästa versionen av sig själv.

Som sin egen mamma, Hewan Moges, vet Roman hur man lever med en stark man. Hennes man brukade vara lite svår. Han var högtidlig och dyster.

Översättning av: Haregewein Mersha

Ändå levde hon hela sitt liv med honom tills han lämnade henne för gott. Sedan dess är hon änka.

Martha Molla fortsatte att berätta om varje bild som hon skickade ett sms till honom. Det var en serie album. Det fångar hennes personlighet, stil och känslor. Det speglar hennes tillväxt, förändringar och prestationer över tid. Det är verkligen en skatt som kan vårdas och delas med andra.

"Den första var i Addis Abeba med mina barn. Den andra är här i Sverige, Stockholm, ensam." Hon gick och förklarade var och en av dem till den sista bilden. Dan gav henne så mycket tid hon behövde för att göra det.

Till slut, innan de lägger på luren vid skinnet på sin tand, ställde Dan henne en trivial fråga. "Hej Martha, jag ser inte ens en enda bild på dig med MK, din ex-man. Skulle det finnas någon bra anledning?"

"Vi hade otur att ha bilder tillsammans. Han var så fientlig mot mig. För varje ord jag säger brukade han vara missnöjd med mig. Vi var motsatta poler, vänster och höger. Vi hade aldrig gjort det tillsammans på någon viss personal. Han var mästaren. Allt kommer från honom och av honom och för honom. Jag hade aldrig haft någon rätt att gå min väg, inte ens en enda gång. Jag var som hans slav. Enligt honom är en kvinna tre gånger slav; när hon var dotter till sin far, när hon är hustru till sin man när hon blir mamma till sin son. Är inte det fantastiskt? Hur kommer det sig att en slav får äran att ta en bild med husbonden?" Dan kändes som om Martha Molla pratade om Linda Dama.

Hon är också ett negativt tänkesätt.

Översättning av: Haregewein Mersha

Hon är full av "Nej". Hon svarar aldrig positivt. Hon är för seriös, väldigt manipulativ och kontrollerande.

"Är det anledningen till att du inte har någon bild med honom?" "Självklart!" Hon svarade och de lägger plötsligt på luren.

Efter en liten stund anlände prof. Dan och hans vän till kontoret. Shemsu Ali parkerade bilen i ett hörn och de började gå till kontoret. Dan var chockad av rädsla. Hans hjärta hoppade i bröstet. Han var lite förvirrad också. Om de inte kunde göra det till en positiv lösning idag, kommer de att falla isär vid skilsmässa. Han vill inte att de ska sluta med avsked. Han hatar när ett äktenskap går sönder.

Det är så, och det är barnen som lider mest. Han själv var ett offer för detsamma en gång. "Bollen är hennes

Söker Efter Sig Själv

plan. Hon måste hantera frågan på ett klokt sätt. Shemsu är villig att fortsätta leva med henne så länge hon ger honom äran att vara en fullfjädrad make."
Viskade Dan tyst.

"Jag hatar samboende. Jag behöver ett riktigt äktenskapligt liv, punkt. Jag kan inte vara hennes valp längre. Hon har låst in mig i mer än tolv år nu."
Shemsu Ali pratade med sig själv också.

"Tror du att hon skulle vara villig att inse din position?" frågade Dan honom tyst.

"Jag vet inte; vi får snart veta." Han svarade. Han var cynisk. Han ville inte dra några positiva spekulationer. De knackade på dörren. Hon välkomnade dem båda till kontoret. De tog sina egna platser efter att de uttryckt sina hälsningar och hälsningar till henne. Shemsu Ali letade efter sina ögon i

Översättning av: Haregewein Mersha

kärlek och sökte nåd. Hon lät honom
aldrig ha ögonkontakt med henne. Hon
nickade ner av avsky. Plötsligt
resonerade Dans telefon. Han tittade på
uppringarens ID. Det var Martha Molla,
den lilla gula stjärnan.

"Kan jag ringa dig senare? Jag är
mitt i ett möte." Han smsade henne.
"Jag måste prata med dig, min kära
kompis, har du inte råd med ett par
minuter?" hon svarade.

"Är det så brådskande, Martha?"
frågade han med en sorts frustration?
Naturligtvis var hans sinne redan
upptaget. Han var inte nöjd med det han
tittade på. Ödet Uda hade ett slags
hemskt ansikte. Den berättar tydligt vad
hon höll på med. Men Dan försökte
samlas och lugna sig och återupptog sin
diskussion med de två gifta paren,
Shemsu Ali och Fate Uda.

Söker Efter Sig Själv

"Jag är tacksam för er båda för att ni gett mig en sådan möjlighet som vän att undersöka era problem för en lösning." Han sa i stor respekt för dem båda.

"Jag tackar dig för din vänlighet att hjälpa oss att lösa våra konflikter." Shemsu Ali uttryckte sin uppskattning till mig. Ödet Uda sa inte ett ord. Hon var tyst som en grav. När jag väntade på ödet, svarade Martha Molla på mitt sms och sa: "Ja, Dan. Jag vill prata med dig nu. Jag kan inte vänta längre." Hon gjorde det till och med fast.

Martha Molla har alltid varit en flexibel dam som har en optimistisk syn. Hon är som ett vatten i ett glas; vad man än kan se utanför är vad som än finns där inne. Ändå kan hon inte hålla sina känslor packade i sig inuti. Hon måste släppa ut den, annars exploderar hon. "Vad hände med Martha?" frågade Dan sig själv.

Översättning av: Haregewein Mersha

Den här gången var han lite förbryllad. "Kan du snälla ta din telefon?" insisterade hon.

"Hon måste ha något akut behov av att prata med mig." Han svajade och bad Shemsu Ali och hans fru att ge honom ett par minuter.

"Ta dig tid, snälla." Shemsu Ahmed gav mig sitt ord.

"Som ni vet, men bara för lite, är jag lite upptagen. Kan du hantera det här samtalet någon gång senare?' Ödet Uda började visa sitt negativa tänkesätt. "Jag förstår dig, ödet, men det är ett brådskande samtal. Jag skulle uppskatta om du låter mig hantera det först." Hon nickade instämmande på huvudet.

Sedan lämnade jag båda på kontoret och gick ut för att ta telefonen. "Vad är det? Vad hände?" Dan fortsatte att

Söker Efter Sig Själv

fråga.

Av någon anledning svarade hon inte. Han ställde samma frågor igen. Hon svarade inte alls. Den här gången gick mitt hjärtslag upp.

"Vad hände med hennes mamma?" frågade han sig själv. Dan är känslomässigt en skör och känslig man. Han kan inte hantera press och stress alls. Han blir väldigt lätt ansträngd. Martha Molla är å sin sida en stark kvinna. Hon är nöjd och avslappnad. Men den här gången hade hon totalt tappat kontrollen över sig själv. Något mycket ont har berört hennes nerv.

"Hej, Martha. . . vad hände? Vad händer?" frågade Dan igen. "Ja Dan." Hennes röst höll på att bryta ihop. Hon andades snabbt och kort. Hon verkade vara i ett slags brådska.

Översättning av: Haregewein Mersha

"Vad händer?" frågade Dan gång på gång. Hon svarar inte tillbaka. Han var nedsänkt i ett hav av rädsla.

"Vad händer?" Han frågade för andra gången.

Gjort

Kontoret var mörkare än vanligt. Även med ljuset på såg det tråkigt och mörkt ut. Den var täckt av damm som inte hade rengjorts. Ödet Uda satt på en snurrstol bakom skrivbordet. Hennes svarta hijab omslöt hela hennes kropp, förutom hennes ledsna ansikte. Hennes svarta och graciösa hår var dolt som alltid. Hennes små ögon var hängande.

Shemsu Ali ville lösa saken snabbt. Han hatade att vara borta från en kvinnas famn. Det hade gått mer än tre veckor sedan Fate sparkade ut honom. Hon verkade inte vilja ha tillbaka honom någon gång snart. Luften på hennes kontor var grumlig. Rök kvävde den från alla håll.

Prof. Dan förklarade kort anledningen till mötet och bjöd in alla

Översättning av: Haregewein Mersha

att tala. Ödet Uda tog över och sa: "Vi är alla fria från födseln. Vi måste leva och dö fritt. Ingen av oss kan hantera livet utan frihet. Det är vår natur. Frihet är som frisk luft; det borde vara gratis för oss alla. Jag kommer inte att byta ut min frihet mot äktenskap längre. Jag vill vara ensam, bara sådär. Det handlar inte om Shemsu. Han är en god man, en bra far och en god man. Men det är dags för mig att vara ensam, punkt. Jag vill inte diskutera min frihet. Förstår du vad jag säger? Nu räcker det! Du måste förstå mig. Jag kan inte vara gift med någon längre."

"Säger du att det är över?" frågade Shemsu. "Ja det är det. Om du förstår mig så handlar det inte om äktenskap längre. Det handlar om min frihet, mina rättigheter och mitt liv. Jag kommer inte att prata om någon av dessa saker."
"Hur är det med våra barn? Vi har tre

Söker Efter Sig Själv

barn! Bryr du dig inte om deras rätt att ha sina föräldrar?" Han ställde en annan fråga. Jag lyssnade bara på deras samtal. "De är inte viktigare än de saker jag redan har nämnt. Det är faktiskt ingenting. Mitt liv och min frihet är min prioritet." När Fate Uda talade, mindes Shemsu Ali vad som hände mellan dem för fem år sedan, en natt. Klockan var över fyra på morgonen. Shemsu var utmattad. Han hade kört taxi till och från flygplatsen i över 20 timmar. Han tog en dusch och gick och la sig för att sova. Ödet Uda var ovanligt vaken. "Hej älskling, hur mår du?"

"Du säger det bara när du har sex i tankarna. Jag hör dig aldrig använda det ordet med mig i någon annan situation."

"Jag är ledsen. Förstår du inte hur mycket jag älskar dig? Du är den viktigaste personen i mitt liv." "Jag. . . den viktigaste personen i ditt liv? Skojar

Översättning av: Haregewein Mersha

du? Försök inte att prata om mig så sött. Jag känner dig bättre än du känner dig själv. Kärlek är inte ett spel av jakt och erövring. Det är ett oändligt livslångt drama."

"Jag vet. Det är vad jag siktar på."

"Få dina händer från mitt bröst. Sluta. Jag menar det, sluta annars ringer jag polisen på dig." Hon hoppade upp ur sängen och sprang till ett annat rum. De delade aldrig samma säng igen. Efter en lång tystnad samlade sig Shemsu Ali. Sedan föll tystnaden igen.

"Är det allt?" Han frågade henne.

"Japp, det är allt." Hon svarade.

– Skilsmässa är svårt för mig. Jag älskar dig. Jag älskar våra barn. Jag vill inte lämna dig och våra barn. Mitt liv är kopplat till ditt. Min själ är knuten till din. Vi delar en passion. Snälla, låt oss stanna tillsammans. Var snäll. Om jag gjorde något fel, förlåt mig, snälla. Ignorera mig inte." sa Shemsu Ali med tårarna rinnande nedför hans ansikte.

"Var en man, en riktig man, en egen man. Gråt inte som en bebis. Dina tårar kommer inte att förändra någonting. Om du vill ha en bit av min egendom kan du stämma mig. Slutet av berättelsen." Ödet Uda var tuff.

Hon blev argare när hon pratade. Shemsu brast ut i gråt igen. Dan gav honom lite tid att gråta ut sin smärta så att han kunde uttrycka sina djupa känslor. Det var det enda syftet som Dan kunde se i det ögonblicket. Tills dess ville Dan säga något till Fate Uda.

När han öppnade munnen för att göra det, "Kan du vara tyst. Vi behöver ingen mellanhand. Det är vårt liv. Vi är vuxna;

Översättning av: Haregewein Mersha

vi kan prata själva.

" Hon var väldigt högljudd när hon pratade med honom. Han hade aldrig sett en kvinna prata så högt i sitt liv förutom Linda Dama. Hon var på sitt hotell i Addis Abeba nära Bole Medhanialm-kyrkan. Linda skrek åt en av sina anställda. Dan försökte lugna henne. När hon vägrade berättade han hur han kände.

"Det är svårt att föreställa sig livet med den här typen av kvinna. Jag är ganska irriterad. Bryr du dig inte alls om mina känslor?"

"Hej, låt inte omständigheterna bestämma vem du är. Du måste slå tillbaka. Du ska aldrig sluta. Om du ser detta som ett test för dig måste du konfrontera det direkt. Erövra det. Livet handlar om att lyckas med sina val." Hon skrek.

Söker Efter Sig Själv

Linda kan inte uttrycka sina tankar med andra ord när hon är upprörd. Hon är som en hög röst som ropar på hjälp i öknen. Hon skriker långt och högt som en ylande hund. Hon blir väldigt våldsam när hon tappar humöret. Det har hon gjort mot Dan många gånger. Men när hon blir arg blir han lugn. Om hon inte slappnar av går han långsamt iväg som en blekande sol.

Shemsu Ali tittade på sin fru. Hon tittade ner. Hon kunde inte få ögonkontakt. Han ville säga något. Men han kunde inte. Hon stoppade honom när han öppnade munnen. Han hade mycket hopp i sin dröm. Men inget bra kom ut ur snacket. Hon var mycket fientlig. Hon ville inte prata. Hon tänkte bara på sina egna önskemål och position.

Hon hade inget utrymme för förlåtelse och upplösning. De gick inte

Översättning av: Haregewein Mersha

med på att skiljas eller att lösa sitt
problem och återförenas. De kunde inte
nå en kompromiss på något sätt. Ödet
ville inte lösa någonting. Han var inte
redo att skiljas. Vi var tvungna att
lämna kontoret med krossade hjärtan.

Vårt kök

Abesha-köket var packat med etiopier Dan och Shemsu Ali skannade platsen. Det fanns inget ledigt bord. Alla åt rått kött, en vanlig traditionell etiopisk maträtt. Det var färskt kött med en kryddig sås vid sidan av. Det kan se oaptitligt ut vid första anblicken. Men när den väl provats skulle det vara väldigt gott.

En ung brunhyad skönhet kom fram till dem. Hon hälsade på dem. De skakade hennes händer. Hennes leende hade en varm och inbjudande doft. Hon fick dem att känna sig bekväma från början av hennes tjänst.

"Behöver du ett bord för två?" frågade hon artigt med ett leende. Dan gillade hennes vänliga attityd.

"Ja, underbart!" Svarade han.

Översättning av: Haregewein Mersha

"Kom med mig." Hon ledde dem till det högra hörnet och gav dem två platser.

Innan de hann tacka henne, räckte hon dem menyn och frågade: "Vad kan jag ge dig?"

"Kan jag få friterad fisk med en flaska alkoholfritt öl?" beordrade Dan artigt.

"Och du herr?" frågade hon Shemsu. Han tänkte fortfarande på samtalet han hade med sin fru. Han hade inte accepterat allt ännu.

"Samma." sa han kort. Servitrisen gick därifrån med sin beställning i åtanke. Han visste inte ens vad jag beställde. De gick båda till tvättstugan och tvättade händerna innan maten kom. De hade inte sagt ett ord till varandra förrän då. Men nu, efter att de återvänt till bordet, ställde Shemsu honom en barnslig fråga.

"Vad tror du? Hon bryr sig inte om mig längre, eller hur?" Det framgick av hur ödet Uda svarade. Hon var klar som dagen. Hon ville aldrig se honom igen.

"Jag tror inte det. Hon var väldigt arg. Jag ser inget hopp för er två." sa Dan. Till skillnad från dem njöt alla på hotellet av livet. De hade roligt med maten de åt och drinkarna de drack. De skivade köttet, doppade det i såsen och åt det. De som hade ätit färdigt drack öl och andra alkoholhaltiga drycker. Alla såg glada ut utifrån. Servitrisen kom med maten. Det var utsökt.

Dan var imponerad av hennes presentation. Hon var mycket professionell. Allt var klart. De började äta. Dan älskade maten. Det var väl tillagat. Etiopisk mat var varm men

Översättning av: Haregewein Mersha

mycket läcker. Han hade rest världen runt, och han hade aldrig smakat mat från någon annan kultur så utsökt som etiopisk mat.

"Så vad föreslår du mig. Jag är inte beredd på skilsmässa." frågade Shemsu Ali.

"Det spelar ingen roll. Hon är redo för det." Dan gav honom ett kort svar. Men han var inte nöjd med det. Han berättade bara vad han kände. De hade sett henne flera gånger. Hon hade aldrig varit vänlig alls. Hon var alltid extrem och frenetisk.

"Du måste rusta dig för det värsta. Om ni inte kan stanna tillsammans betyder det inte att det är slutet på allt. När det här kapitlet är slut börjar ett annat. Livet går vidare, vare sig vi gillar det eller inte."

Söker Efter Sig Själv

"Jag förstår det, Dan, men jag kan inte lämna mina barn. En av dem är inaktiverad. Jag var den som brukade ta hand om honom. Jag vill fortsätta hjälpa honom så länge jag lever. Jag älskar också mina två andra barn. De är mycket värdefulla för mig." Shemsu Ali kunde inte kontrollera sina känslor. När han berättade för Dan om sina barn var hans röst väldigt låg och djup. Han grät och torkade sedan ansiktet med pappershandduken på bordet. Han fortsatte med detta upprepade gånger.

"Jag älskar henne, Dan. Jag trodde aldrig att hon skulle vara så här vild. Hon har blivit kär i mig. Hon måste ha dött inuti. Det finns inget liv utan kärlek. Hon är livlös."

"Min vän, snälla förstå att kärlek är ett känslomässigt kontrakt mellan två parter. När någon av parterna inte respekterar avtalet kommer det att falla

Översättning av: Haregewein Mersha

isär. Du vet vad jag menar, det kommer att bli en total förlust." De var båda tysta ett tag.

Shemsu var inte redo att svälja sitt piller. Han var orolig och nervös. Han åt maten väldigt sällan. Hans bett stannade länge i munnen. Han kände inte heller för att dricka sin alkoholfria öl.

Dan såg sin egen framtid klart i honom. Han var tvungen att antingen gå med på Marthas ärliga kärlekserbjudande eller ta itu med Lindas sockerbelagda äktenskapsförslag. Han kunde inte fortsätta stå i mitten.

Linda är en gräns för livet. Hon begränsar mitt liv kraftigt. Hon kommer att begränsa Dan till sina önskemål och krav. När han väl faller i hennes händer kommer hon att äga honom. Martha, å andra sidan, är en dörr till avkoppling.

Söker Efter Sig Själv

Det finns ingen gräns för henne.

Om Dan är kär i henne kommer han inte att bli hennes. Istället tror hon att de alla är ett. Martha Molla är lika bred som alla. Hon är liten som en prick. Hon existerar inte i rummet eller mäter i tiden.

"Din dåre, lyssna på min visdom. Linda är som en av oss. Hon är oskyldig, lojal, men allt med en anledning. Hon är kärleksfull när hon känner att hon är älskad. Hon gör tvärtom när hon inte är det. Vissa kvinnor är som hon, antar jag. De kan inte tolerera hat. De är goda med gott och onda med ont. Den yttre miljön formar dem med andra ord. Det är inte bra. När det externa kontrollerar det inre, blir principen omvänd."

Dans innersta jag talade till honom. Det kändes som om Martha pratade.

Översättning av: Haregewein Mersha

"Det finns ingen gräns för Martha. Hon är allt i ett. Hon varken gillar eller ogillar. Hon bara lever. Hon är livet. Genom att vara det spelar hon den obetydliga rollen i detta spetsiga universum. Hon har inget val. Hon är den enda som finns där för dig." Dan vände sitt ansikte mot Shemsu. Han var fortfarande på ett sorgehumör. Jag bad honom äta och avsluta sin mat.

"Jag mår bra." Svarade han.

Han hade inte ens ätit hälften av maten. Dan ringde servitrisen för att göra rent bordet och ge dem lite kaffe. Hon gjorde. Under tiden tvättade de sina händer och kom tillbaka till vårt bord. "Vad kommer härnäst? Kommer hon åtminstone ge mig mina barn?" han frågade mig.

"Jag kan inte ge dig ett falskt svar. Framtiden kommer att avslöja

sanningen. Men som ni väl vet måste
jag flyga hem ikväll. Jag måste åka till
Addis. Marthas mamma är fängslad."
Dan svarade.

"Martha orsakar dig mer problem än
jag förväntade mig. Jag trodde att hon
skulle vara en källa till glädje för dig.
Men, hon håller på att bli motsatsen. Jag
säger dig, jag ångrar att jag tog in henne
i ditt liv. Förresten, varför behöver du
åka till Addis Abeba?"

Översättning av: Haregewein Mersha

Gilmer of Hope

Prof. Dan stoppades från att komma in i landet på Bole International Airport. Immigrationstjänstemannen tog hans pass och behöll det med sig efter att han hade gett honom inresevisumet.

"Du måste vänta här tills vi har verifierat några fler problem."

"Varför? Vad är problemet?"

"Jag kan inte säga dig något just nu. Men tills vi ordnar upp saker och ting kan jag inte släppa in dig." Dan var lite förvirrad. Han funderade hårt på att komma på en orsak till förseningen. Han kunde inte komma på någon. Han var en klanderfri person, fri från moraliskt förfall eller kontaminering. Han var verkligen en mycket ärlig man som alltid var trogen sig själv och andra

Söker Efter Sig Själv

omkring sig. Han var också snäll, generös och omtänksam i sin natur.

"Kan Linda ligga bakom det här?" Han undrade. Efter ett tag ringde han Teddy på sin telefon och berättade hela situationen.

"Oroa dig inte; Linda tar hand om det. Det kommer bli bra." Han avslutade samtalet utan någon mer diskussion. Efter en och en halv timme kallade immigrationsofficeren Dan till sitt fönster. Han talade knappt amhariska, landets officiella språk, eller klar engelska. Dan försökte båda, men de kunde knappt kommunicera. Han kunde inte se någon professionalism från hans sida.

"För tre år sedan minns jag att jag stötte på samma oprofessionella på en annan officer. Då hade han problem med en annan accent, Tigrigna. Faktum

Översättning av: Haregewein Mersha

är att alla pratade samma språk. Nu har människorna helt förändrats. Men ändå talar de ett gemensamt språk, Afan Oromo." sa Dan till sig själv. Han kunde se skadan som identitetspolitiken hade gjort landet. Det hade splittrat nationen i små fragment där människor dödade varandra baserat på deras etniska identitet och religiösa skillnader.

"Språket är ett politiskt verktyg. Istället är det ett system av symboler som gör att vi kan uttrycka och förmedla våra tankar, känslor och känslor. Det anses vara det främsta verktyget för kommunikation, eftersom det gör det möjligt för oss att dela information, idéer och åsikter med andra. Politiker ska inte använda det för att manipulera människor med det språk de talar." tillade Dan.

Han menar att språket inte

Söker Efter Sig Själv

bestämmer mänsklig identitet, tankar eller handlingar utan snarare speglar dem. "Det finns många länder som har engelska som sitt nationella språk medan de har sitt eget folkspråk, och ändå har de inga problem som sådana. De använder det för att informera, övertyga eller underhålla, men inte för att lura, tvinga eller skada. Därför, så länge det används etiskt och respektfullt, och inte missbrukar det för våra egna intressen eller fördomar, borde det inte vara ett stridsfält. Varför tar vi då våra språk som en källa till skillnad och strid?" frågar Dan.

"Språk, kulturer och identiteter har ingenting att göra med våra problem. Våra vatten kan vara källan till de flesta av våra problem. Röda havet och Blå Nilen kommer att fortsätta att vara våra attackmål. Många länder konspirerar för att avveckla vårt land på grund av denna

Översättning av: Haregewein Mersha

resurs. Problemet med Röda havet verkar vara löst med Eritreas separation från Etiopien. Men det värsta har ännu inte kommit. Etiopien, med sin ständigt växande befolkning, kan inte vara inlåst." Dan fortsatte en stund att tänka på den andra huvudvärken i landet.

"Nu har vi Blå Nilen som ett problem för landet. Om inte detta vatten torkar upp eller böjer sig för etiopiers intresse kan vi inte få varaktig fred. Sådana andra länder kommer att se till att landet går upp i lågor." Dan grävde ner sig i grundorsaken till den politiska frågan kring etiopier vid checkpointen för att komma in i sitt eget land. Han gillade inte krånglet vid grinden.

"Man, håll mig inte här i timmar. Jag är en uppriktig etiopier. Vi är alla samma människor. Det spelar ingen roll vilka språk vi talar, vilken religion vi

Söker Efter Sig Själv

tillhör eller var vi är födda och uppvuxna. Vi är alla etiopier, medborgare i en stor nation, som har en civilisation på över 3000 år. Glöm de negativa berättelserna. Vi har inga interna problem sinsemellan. Alla våra problem är yttre. Se, alla befrielsefronter, och de flesta av de våldsamma oppositionspartierna, de är alla skapade, byggda, stödda och beväpnade av yttre krafter som vill kontrollera landets vatten." Dan uttryckte sina känslor frispråkigt.

"Jag ber om ursäkt för besväret. Vi har gjort fler säkerhetskontroller. Du kan gå in nu."

"Kan jag veta vad problemet var?"

Jag blev chockad över hans svar. "Beställningen att stoppa mig från att komma in i mitt eget land." Det var ingen mening för mig.

Översättning av: Haregewein Mersha

"Vem kunde ge denna order? Varför? Hur visste de att jag skulle komma? Bara jag, Martha, Ali och min underbara lillasyster Lucy visste att jag skulle komma." Jag undrade många saker. Till slut lämnade jag platsen och gick till utgången. Utanför såg jag Linda, Lety och hennes man Teddy vänta på mig. Jag ville inte gå med dem. Jag letade efter min syster. Hon var ingenstans att se. Linda såg mig när jag gick ner med min väska. Jag tog inte med mig mycket. Det var bara min handbagage. Och självklart hade jag min bärbara dator med mig också. De välkomnade mig alla varmt. Efter att ha utbytt hälsningar och trevligheter satte de mig i Lindas dyra bil. Vi fortsatte vår resa till centrum av Addis. Teddy och hans fru följde efter oss i sin pickup. Jag var upprörd på henne, så jag höll tyst.

"Du är väldigt tyst; Vad är fel? Är

Söker Efter Sig Själv

något fel?" frågade Linda mig efter en stunds tystnad.

Linda ser väldigt annorlunda ut idag. Hennes hår var dubbelt så långt som jag såg för två månader sedan. Den var helt färgad i en brunaktig guldfärg. Förra gången var det mörksvart. Hennes runda fyrkantiga ansikte glittrade som ett glänsande glitter. Jag hade aldrig sett henne så strålande förut. Några av hennes naglar var längre än fingrarna de satt på. Hon hade för mycket grejer på kroppen. Hennes parfym luktade som en rebell. Hon hade spenderat mycket pengar på sig själv, men inget tilltalade mig. "Ja det är jag. För jag är inte nöjd med vad som händer här."

"Vad hände?"

"Jag svär vid Gud; Jag har ingen aning om denna fråga. Men jag ska försöka ta reda på vad som händer och

Översättning av: Haregewein Mersha

få ut henne."

"Okej, låt oss befria henne först, och sedan ska jag prata med dig och ta upp varje enskild fråga som rör vår framtid. Nu, snälla ta mig hem." Jag stod fast vid min position och fick henne att ändra sig.

"Jag har förberett frukost åt dig. Låt oss åtminstone gå till mitt hotell, äta frukost, och sedan tar jag dig hem och du får träffa din pappa." Hon frågade mig med viss respekt. Men jag var avstängd inuti.

"Nej, det kan jag inte göra. Snälla ta mig. Jag måste träffa min far först, en. Jag kan inte vara din gäst förrän Roman släpps från fängelset, två. Du måste få det här. Det är enkelt och tydligt."

"Tror du mig inte? Litar du inte på kvinnan som är redo att ge dig sitt liv

Söker Efter Sig Själv

och allt hon har? Jag är din älskare. Det här är otroligt!" Hon var högljudd. Hennes ansikte blev rött. Hennes ögon var eldiga och röda också. Hon var nära att gråta.

"Vem fan är den här kvinnan? Jag har aldrig hört hennes namn förut idag. Och hur kom du utan att berätta för mig att du skulle komma?"

"Behöver jag ditt godkännande för att komma till mitt land?" Jag var hård mot henne. Jag ville att hon skulle förstå mig väl.

"Självklart gör du det. Jag är din älskare."

"Varför fortsätter du att säga det ordet om och om igen? Hur visste du att jag själv skulle komma idag? Du förstår, samma person som sa till dig att jag skulle komma idag är den som berättade

Översättning av: Haregewein Mersha

allt om Romans fängelse." Jag pausade en sekund och fortsatte att prata med henne.

"Linda, lyssna, kärlek fungerar inte på det här sättet. Jag vet att du har pengar. Jag vet att du har makt. Jag stoppades från att komma in i landet eftersom dina pengar pratar överallt. Jag har sett hur mäktig du är." Jag slutade prata. Jag var på dåligt humör.

"Låt mig i alla fall gå hem först. Jag behöver en paus. Vi ses senare. Men om du fortsätter att göra saker bara på ditt sätt utan att ta hänsyn till mitt, oavsett vad, kommer jag att avsluta saker med dig. Detta är ingen lösning. Det kommer inte att hjälpa oss alls. Det jag ser är natten i slutet av tunneln. Förstår du mig?" Jag berättade för henne allt jag hade i mitt hjärta. Hon tog mig äntligen hem. När vi kom hem släppte hon av

Söker Efter Sig Själv

mig från sin bil och sa "Jag kommer och hämtar dig senare idag." Hon gick tillbaka till Teddy. Lety var med henne.

Översättning av: Haregewein Mersha

Otvinnad kärlek

"Jag fick ett samtal från Addis. Det var din kompis, Teddy Gutta." Martha höll på att falla samman. Dan bad henne att lugna ner sig och berätta vad som brann i hennes hjärta. Hon var väldigt högljudd och arg. Han hade aldrig hört en sådan ilska forsa ur hennes erfarna och söta mun. Hon hade alltid varit komponerad.

Hennes tystnad hade alltid varit som en juvel på hennes härliga huvud. Nu hade en så stark ilska förstört hennes skönhet. "Är han inte gift?" Hon frågade. Dan förstod inte vad hon menade. Hon visste att han hade en fru mycket väl.

"Vad hände, Martha?" frågade Dan henne igen. Hon kunde inte prata i telefon. Hon var väldigt känslosam. Hon hade tappat allt sitt lugn. Till slut lade hon på luren. Dan var rädd.

"Vi är alla gamla vänner. Vi kom från samma by, den fantastiska Geja Sefer. Varför ber hon mig berätta för henne om Teddy är gift eller inte?" undrade Dan för sig själv. Han blev väldigt förvirrad av frågan eller förstod inte vad Martha ville fråga.

"Hon har träffat hans fru i Addis. De hade tillbringat tid tillsammans vid olika tillfällen. Vi hade flera presentationer för regeringstjänstemän om det IKT-center of excellence vi ville starta i Debre Berihan, en stad som är äldre än sin tid." Dan gav många skäl till varför Martha inte borde ha ställt den här frågan. Han kunde inte hålla med sitt sinne. I sina djupa tankar kom han ihåg en incident där Martha och Lety satt tätt tillsammans på Teddy's Hotel i Addis Abeba och försiktigt diskuterade olika

Översättning av: Haregewein Mersha

frågor.

"Ni har ett så fint hotell."

"Ja, det gör vi, men vad så? Pengar är en dum tjänare; det kan inte göra dig lycklig. Jag har jobbat hårt hela mitt liv för att komma till den här nivån. Jag har över 40 anställda under min överinseende nu. Men jag har aldrig varit så lycklig i hela mitt liv."

"Varför, vad är det för fel på ditt liv? Jag har väldigt lite och jag är väldigt glad och nöjd med mitt liv."

"Är du gift?"

"Har du inga barn?"

– Vi har tre totalt. De är odlade. De lever sitt eget liv på tyska. Det här var vår tid att vara lyckliga tillsammans. Ändå har vi tyvärr tappat koll på vår

Söker Efter Sig Själv

kärlek. Jag är inte nöjd med honom."

Då trodde inte Martha Molla sina öron. Hon var missnöjd över vad hon hörde. Hon var förvånad över hur Dan och Teddy blev vänner. Hon har ännu inte insett att de är ett folk från varandra. Deras åsikter och perspektiv stämmer inte överens. Hittills är de nära vänner. Respekt har hjälpt dem att hantera sina olikheter.

Lety Gutta är en snygg kvinna. Hon är glad och ler på ytan. Men hon hade mycket ilska inombords. Hon träffade Teddy Gutta när hon var sexton. Han är hennes första och enda man. Hon älskar honom väldigt djupt och verkligen. Hon är en felfri kvinna. Hon lägger sig aldrig i smutsiga saker. Hennes tålamod är obegränsat. Hon vet hur hon ska kontrollera sina tankar men inte sina känslor.

Översättning av: Haregewein Mersha

Vad som helst kan trigga hennes nerv väldigt lätt. Hon är också en fighter. Hon låter inte sin rätt kränkas. Hon slår tillbaka när hon känner att hennes rättighet är hotad. Teddy älskar henne på samma sätt. Han är verkligen en kärleksfull man. Men han tycker mycket om att ha kul. Han tröttnar lätt på saker. Han hatar att prata om triviala saker. Han vill låta saker vara som de är. Han är pro-naturen.

Så länge naturen bestämmer bryr han sig inte om resten av skräpet. Han lever i nuet. Han tar livet som det är. "Vet du vad?" sa Martha Molla i stor ilska. Hon var fortfarande rastlös och fick panik. "Vad sa han? Varför berättar du inte för mig?

"Han sa att han älskar att dejta mig."

"Vad?"

Söker Efter Sig Själv

"Ja, det är vad han sa."

Det tog Dan lite tid att ta reda på vad som hände. Han kunde inte komma på något negativt. Naturligtvis är han en optimistisk tänkare. Det tar mig för lång tid att förstå så skumma saker. Han var inte så chockad. Han ringde tillbaka till Martha och började försöka lugna henne.

"Slappna av, Martha. Gör ingen stor grej av det. Jag är säker på att du måste ha hört honom fel. Han kan ha sagt det för något annat." Han försökte sänka hennes känslor. Men hon var nervös.

"Hur vågar han be mig ut för sex? Kvinnor är ingen sexmaskin. Vi måste först behandlas som människor. Sex är inte en trasig sak. Det är ett uttryck för intimitet och kärlek. Han har inte den relationen med mig. Han är gift med Lety; hur kan han våga fråga mig om

Översättning av: Haregewein Mersha

det där? Hon var helt arg. Han har slagit hennes nerv. Detta var första gången Martha Molla var hög på sin ilska. Hon håller alltid sina känslor och tankar i balans.

"Ta det inte så seriöst, min vackra. Låt oss inte gå in på detaljerna. Djävulen finns alltid i detaljerna. Teddy är ingen dålig kille. Naturligtvis missförstod folk honom av någon anledning. Förmodligen för att han säger sina åsikter och som han känner är han en väldigt snäll och generös person, vad jag beträffar. Han vill vara fri och njuta av livet som det är, alltså det! Det är inget fel på honom. Han har varit min vän sedan min barndom. Jag känner honom som min egen ryggmärg." sa Dan.

Även om han är rädd för att bli fångad av kärlekens kraftfulla händer igen, verkar Dan älska Martha mycket. Hon är ett så fantastiskt under i hans ögon. Ibland säger han så här om henne.

"Om Da Vinci hade en chans att lära känna henne innan han tog penseln till tavlan, skulle han ha målat en bättre Mona Lisa. Hon skulle ha inspirerat honom till en annan bättre dimension av skönhet."

Som liten brukade han älska henne, en sorts äkta och allvarlig kärlek. Hon var som hans syster, i skolan, i kyrkan och i vår lilla by. Senare, när de växte upp, gick de på olika gymnasieskolor och de tappade kontakten med varandra. Men som små barn brukade de leka man och hustru.

Sedan dess har båda haft en sorts dold önskan att bli livspartners. Det skulle ha varit det bästa av deras prestation i livet. Men saker och ting

Översättning av: Haregewein Mersha

förändrades. Livet ledde dem båda till olika vägar. Hon gifte sig med någon annan, medan Dan var singel tills nu.

Men om livet skulle upprepa sig, skulle Dan ha sovit för att Gud skulle ta ut ett av hans revben och skapa Martha Molla igen ur honom och för mig. Han tror att Martha är en personifierad skönhet.

"Okej, Dan. Jag hör dig. Men vi måste vara seriösa med det. Jag gillade inte hur han pratade med mig. Jag var inte glad över hans ord. Jag önskar att jag kunde ringa tillbaka och berätta för honom att jag avvisar."

"Jag sa, slappna av, Martha. Varför stör du dig själv? När allt kommer omkring, vad är det för fel om han ber dig om något? Det är du som måste säga ja eller nej, och han kommer att respektera ditt ord. Det är helt naturligt.

Söker Efter Sig Själv

Du kan inte förvänta dig att allt ska vara perfekt. En sak måste stå klart för dig. Du måste gå till ditt sovrum och se dig själv i spegeln. Du är fantastiskt vacker. Jag förstår inte varför folk uppskattar din skönhet och uttrycker sig på ett eller annat sätt. Dessutom är du änka. Du behöver någon som är med dig, eller hur?"

"Jag gör inte. Jag behöver ingen annan än dig. Även om du inte vill ta mig, har jag gett mig själv till dig. Det finns inget jag kan göra åt det. Jag vill inte att du ska överlämna mig till någon annan. Jag är inte dum. Jag behöver inte sex; Jag behöver kärlek. Du förstår att?" Hon blev arg på honom igen. Hon var högljudd och bestämd. Hon hade aldrig pratat så hårt med honom. Han måste ha slagit mot henne.

"Jag är så ledsen, Martha. Jag måste ha gjort dig upprörd med mina ord. Jag

Översättning av: Haregewein Mersha

försökte ta lätt på saken så att du inte stör din sinnesfrid. Varför ska du bli besvärad av en tredje person? Du behöver inte låta någon störa dig på det sättet. Var nöjd och gör din lycka inifrån." Marta skar av honom och sa: "Glöm alla dessa saker och svara direkt på min fråga. Älskar du mig eller inte?"

"Varför fortsätter du att ställa den här frågan till mig? Tror du att jag kanske ändrar mig när jag blir stor? Kärlek förändras inte. Det kommer eller går inte. Förresten, jag ska prata med Linda i eftermiddag om din mamma. Hon borde snart gå ut ur fängelset, hoppas jag."

"Jag bryr mig inte om min mamma. Hon kan ruttna eller dö i fängelse. Jag vill att du svarar direkt på min fråga. Vill du gifta dig med mig?" Hon var väldigt direkt. "Jag behöver tänka på

Söker Efter Sig Själv

det. Ge mig lite tid att reflektera över det."

"Jag ringer dig senare om du behöver mer tid att tänka på mitt förslag. Tack." Hon lade på luren på mig. Det här var en annorlunda Martha. Han hade aldrig sett henne så vild. Han måste ha upprört henne med sina ord. Han var ledsen. Han ringde tillbaka henne för att be om ursäkt. Hon svarade inte på sin telefon.

"Martha, vad hände? Jag är ledsen om jag förstörde din dag. Snälla förlåt mig." Jag smsade henne. Hon svarade inte. Hon skrev inte tillbaka till mig. Om några timmar ringer hon tillbaka honom. Men Dan verkar inte vara redo. Han vet inte vad han ska säga till henne.

Översättning av: Haregewein Mersha

The Heartfelt Fluff

När prof. Dan kände hur hans telefon surrade såg han Martha Mollas namn på skärmen. Han var sliten mellan motstridiga känslor. Han önskade att han kunde vara ärlig mot henne, men han ville också hålla sitt löfte. Han hade sagt till henne: "Jag ska gifta mig med dig!" och han menade det. Han var dock inte redo att ta det steget ännu. Ändå kunde han inte förmå sig att avsluta deras förhållande. Han visste inte vad han skulle göra.

Dan diskuterade frågan om i ett dilemma för sin pappa. Han har starka känslor för både Martha och Linda, men han kunde bara välja en. Martha är oskyldig, vacker, kärleksfull och omtänksam. Hon stöttade honom alltid och gjorde honom glad. Linda är också vacker och kärleksfull, men rasistisk,

Söker Efter Sig Själv

slarvig och självcentrerad. Hon sårade ofta honom och andra med sina ord och handlingar.

Han ville verkligen älska och gifta sig med Martha, som passade honom bättre. Hon var mycket nära och värdefull för hans hjärta. Hon var orsaken bakom hans leende. Hon var den enda stjärnan på hans himmel. Ändå hade han också känslor för Linda, som hade varit hans följeslagare under lång tid. Han brydde sig om henne också.

Han fruktade dock att hennes politiska ambitioner och olika etniska bakgrund kunde få henne att förändras med tiden. Nuförtiden har politiken ett starkt inflytande på människors äktenskap. Den hatiska retoriken kan förstöra deras förhållande även om de hade lite kärlek till varandra.

Dan slets mellan de två kvinnorna

Översättning av: Haregewein Mersha

som representerade hans intellekt och intelligens. Han hade ingen aning om hur han skulle lösa sitt dilemma. Så småningom anförtrodde han sin pappa om allt han kände, och hans pappa lyssnade uppmärksamt. Efter samtalet kände Dan sig mer lättad. Samtidigt började hans pappa tänka på lösningar ur sin sons perspektiv.

Peter är en rationell och logisk person. Han tänker alltid noga efter innan han fattar några beslut, och han väljer oftast de bästa alternativen. Han är säker på sina bedömningar och undrar sig själv, förutom när det kommer till hans äktenskapliga liv. Han är missnöjd med sin make, och han undrar ofta om han gjorde ett misstag när han gifte sig med henne.

Dan kände hur hans telefon surrade igen. Han svarade och hälsade nervöst

Söker Efter Sig Själv

på Martha. "Jag ber om ursäkt; Jag hade fel innan. Jag måste ha gjort dig upprörd. Jag var för påträngande, Dan. Snälla förlåt mig. Det var mitt fel."

Martha sa: "Jag uppskattar din ursäkt, Martha. Tack för att du är förstående. Tack så mycket. Jag borde inte ha pressat dig så mycket. Jag vet att du bryr dig djupt om mig. Du har varit med mig sedan vi var barn. Du har inte ändrats. Jag förstår din situation. Ta dig tid och låt mig veta. Förresten, hur var ditt möte med Teddy?" Dan blev chockad av Martha Mollas ord. Han antog att hon ville ha ett enkelt ja eller nej från honom. Hon verkade som en helt ny person nu.

Han kände sig mycket nöjd med hennes svar. Det var ärligt, uppriktigt och respektfullt. Hon var en självsäker kvinna. Hon kunde uttrycka sina tankar tydligt och nå sitt mål. "Jag gjorde. Han

Översättning av: Haregewein Mersha

var där på Bole International Airport, tillsammans med Lety och Linda, för att hälsa på mig. Men vi fick inte en chans att diskutera din situation. Jag trodde inte att vi skulle göra det. Just nu är du min prioritet, inte han. Förresten, stressa inte alls för honom. Låt tiden avslöja sanningen. Jag tror att de alla spelar ett spel."

Dan kände sig förkrossad över Teddys samtal med Martha, men han försökte kontrollera sig själv och övertala henne att ta det lugnt och enkelt. Hon verkade dock inte hålla med Dan om detta.

"Kan jag fråga dig en sak?" frågade Martha.

"Visst, Martha, varsågod." Jag svarade.

"Älskar du mig verkligen?"

Söker Efter Sig Själv

"Jag sa till dig att du vet det, Martha."

"Så varför är du inte upprörd?"

"Upprörd över vad?"

"Du känner ingen avundsjuka eller svartsjuka när din vän utmanar din kärlek till mig?" Hennes fråga gav Dan en konstig känsla.

"Skulle Teddy förråda mig så?" undrade Dan.

"Om du inte gör det känner jag mig avundsjuk. Jag vill inte dela min kärlek med någon annan än dig!" sa Martha efter att ha uthärdat min tystnad ett tag.

Martha är en kvinna som lyssnar på sin inre röst, som vägleder henne att vara intelligent, medkännande och ödmjuk. Hon tror inte på att dela upp människor utifrån deras stammar,

Översättning av: Haregewein Mersha

religioner eller någon annan bakgrund. Hon betraktar sig själv som en människa, en återspegling av den Allsmäktige i form av människa. Även om hon tillhör Amhara-stammen, stoltserar hon inte med den eller använder den för att diskriminera andra. Hon tror på kärlek, sanning och oskuld. Hon tror att hon är kopplad till allt och alla, och tvärtom.

Linda, å andra sidan, är en kvinna som är stolt över att kategorisera sig själv som Oromo, medlem i välståndspartiet, en elitgrupp och så vidare. Hon lever av att analysera informationen som kommer från hela världen, utan att uppmärksamma sin egen intuition. Hon har döva öron för rösten som kommer inifrån henne själv.

Identitet är inte en källa till stolthet för människor. Identitet är en ytlig och

Söker Efter Sig Själv

tillfällig etikett som vi fäster på oss själva baserat på vårt utseende, kultur, övertygelse eller prestationer. Det kan skapa splittring, fördomar och konflikter mellan människor. Identitet kan också begränsa vår potential och fånga oss i en falsk självkänsla.

Människovärdet, å andra sidan, är djupare och djupare än stoltheten över identitet. Värdighet är det inneboende värdet och värdet som vi har som människor, oavsett våra olikheter. Värdighet är grunden för respekt, medkänsla och rättvisa för oss själva och andra. Mänskligheten har ingen identitet, men den har värdighet.

Alla människor föds fria och lika i värdighet och rättigheter, oavsett deras etniska grupper. Etniska grupper är sociala kategorier som delar en gemensam kultur, språk, historia eller härkomst. Etnisk mångfald innebär dock

Översättning av: Haregewein Mersha

inte någon inneboende överlägsenhet eller underlägsenhet för någon grupp.

Tyvärr möter många människor i nuvarande Etiopien diskriminering, fördomar och våld på grund av sin etniska identitet. Detta kränker deras grundläggande mänskliga rättigheter och värdighet och hindrar deras sociala och ekonomiska utveckling. Därför är det viktigt att respektera, skydda och främja alla människors jämlikhet och att fira rikedomen av etnisk mångfald i landet

Martha kände Dans likgiltighet i rösten. Han verkade inte ta hänsyn till hennes känslor. Men Dan var faktiskt överväldigad av ångest och frustration. Han kände sig instängd i vardagsrummet med Peter, hans pappa. Han var på väg att tappa humöret. Han kände också en känsla av ensamhet.

Söker Efter Sig Själv

Han ville att hon skulle gå med honom och uppfylla deras drömmar om kärlek.

"Martha, vi måste hålla oss till vår plan. Kan du komma till Addis imorgon?" han frågade.

"Det är klart jag kan. Jag ska boka min biljett online just nu och be min chef om en veckas ledighet. Jag kommer att vara där så fort jag kan, min älskade, svarade hon.

"Bra, ring mig senare så pratar vi mer, okej?"

"Okej, jag ska prata med dig snart, Dan." Hon lade på.

Dan satt bredvid sin far på kärleksstolen i vardagsrummet. Han ville dela med sig av sina planer om Martha och Linda med honom. Men hans far talade först. "Hej, vad är det för

Översättning av: Haregewein Mersha

fel? Du ser olycklig ut. Jag kan säga att något stör dig. Vad är det?"

Peter Michaels ansikte visar hans utmattning och trötthet. Han har ägnat hela sitt liv åt att tjäna sitt land. Han har lett admin- och finansavdelningen för olika regeringskanslier, såsom transportministern, bygg- och anläggningsmyndigheten och många andra. Han var en del av de tidigare politiska systemen.

Enligt honom är politisk administration ett utmanande jobb som kräver rättvisa, opartiskhet, sanning och rättvisa. De nuvarande politikerna i Välståndspartiet (PP) har dock misslyckats med att upprätthålla dessa värderingar. De har ignorerat den svåra situationen för Amhara-folket, som har dödats, fördrivits och attackerats av Tigray People's Liberation Front

(TPLF) och Oromo Liberation Army (OLA).

De har också använt partiet som ett verktyg för Oromo-eliterna, som har drivit sina egna intressen och agendor på bekostnad av Oromo-folket och andra etniska grupper. De har berikat sig själva medan allmänheten fortfarande lider av fattigdom och hunger.

Dans tankar är upptagna av Martha Molla. Han kan inte få hennes röst och tittar ut ur huvudet. Hon dröjer kvar och ekar i honom. Plötsligt ringer Shemsu Dan. De utbyter hälsningar och sedan frågar han: "Jag har ett möte i moskén med ödet Uda och moskéledarna. Tror du att hon kommer att ändra sig?"

"Jag vet inte om henne. Men jag vet en sak. Om hon inte ändrar sig måste du göra det. Det är nödvändigt. Annars

Översättning av: Haregewein Mersha

kommer du att skada dig själv."

"Förresten, jag såg mina barn. Du vet hur mycket jag älskar dem."

"Min vän, du vet mycket väl att kärlek är ett själviskt spel. Ju mer du överlämnar dig till det, desto mer gör det dig galen. Ibland behöver vi vara oss själva. Oroa dig inte så mycket för henne och dina barn. Glöm henne bara och se vad framtiden ger dig. Om det inte är meningen att ni ska vara tillsammans kan ni inte tvinga det. Släpp det. Du måste utmana och förändra dig själv, Shems u. Hur som helst, jag har en plan att prata med henne ikväll. Om planen fungerar kan ni komma och fira med oss."

Dan gav Shemsu ett slags råd att vara stark och bestämd. Till slut lade de på. Shemsu lät ledsen och tunghjärtad. Han var reserverat bruten. Kallblodet körde hela hans system.

Översättning av: Haregewein Mersha

Den tuffa tiden

Klockan var 19:00. Tiden flög iväg som en blixt. Åren gick lika fort som dagar. Allt förändrades på ett ögonblick. Solen försvann från himlen. Månen steg upp. Addis Abeba var likgiltig för båda. Ändå är det en stad av kontraster, där rika och fattiga samexisterar i ett dynamiskt och mångsidigt stadslandskap.

Det är en stad med utmaningar, där vissa njuter av en överdådig livsstil medan andra kämpar för att överleva. Staden står inför problem som fattigdom, hunger, föroreningar och etniskt våld. Amharafolket, den största etniska gruppen i Etiopien, har marginaliserats och förföljts. De har nekats tillgång till sina förfäders land, sina kulturella rättigheter och sin politiska representation.

Söker Efter Sig Själv

Kort sagt, Addis Abeba är en stad som speglar skönheten och smärtan i Etiopien, ett land med en rik historia och en komplex framtid.

Dan fick ett telefonsamtal från Linda. "Jag gjorde mina läxor. Roman är ute. Jag betalade 5000 Eth Birr för hennes borgen. Kan vi prata nu?" sa Linda efter att ha utbytt varma hälsningar och hälsningar med Dan.

"Jag vill att det här fallet ska vara över för gott. Förresten, varför greps hon?" frågade Dan med sin befallande röst. Han lät som en krigsgeneral som talade från en ledningscentral.

"Det fanns ingen anledning. En av hennes grannar, Fatuma Ibrahim, lämnade in ett klagomål mot henne

"För vad?"

Översättning av: Haregewein Mersha

"Jag vet inte. De bad henne att ge upp sin dotter, Martha Molla."

"Martha Molla?"

"Ja, Martha Molla. Damen hävdar att Martha utsatt henne för sexuella trakasserier av någon hon inte känner."

"Det är löjligt. Martha skulle aldrig göra det. Hon är en kvinna med hög moral. Hon respekterar och bryr sig om mänskligheten. Hon är oskyldig."

"Jag önskar att hon var det. Men det finns tillräckligt med bevis för att döma henne."

"De bevisen måste vara påhittade. Hon är själv en våldtäktsöverlevare. Linda, om du inte stoppar denna falska anklagelse mot Martha, kommer jag inte att samarbeta med dig alls. Jag kommer att försvara henne själv."

"Du behöver inte stressa över det. Ärendet är nästan över. Jag har hanterat situationen."

"Tja, tack för att du avslutade det här ärendet. Men jag måste vara ärlig mot dig. Jag är mycket upprörd över arresteringen av Roman. Det var nonsens. Det borde inte ha hänt. Kan jag få ett brev som tydligt säger att det här ärendet är avslutat och att Martha är fri från allt ansvar när som helst och var som helst?" Dan ville ha ett juridiskt dokument. Han ville rensa Marthas namn från det här fallet. Han visste också att Linda låg bakom detta upplägg.

"Jo det kan du. Jag kommer att leverera den till dig om några dagar."

"Tack."

"Förresten, ses vi i dag?"

Översättning av: Haregewein Mersha

"Ja det är vi. Kan du hämta mig runt 16:00? Jag vill att min far och Roman ska följa med oss, om du inte har något emot det."

"Inga problem. Jag vill också tillbringa lite tid med dig ensam. Kommer deras närvaro att påverka oss?" frågade hon artigt.

"Jag tror inte det. Ändå kan vi träffas utan dem senare; nästa lördag äter vi ännu en middag tillsammans. Låter det som en plan?"

"Förresten, jag skulle inte ha något emot om din pappa dyker upp. Vi kommer att ha Lety och Teddy också."

"Hur är det med Roman?"

"Låt oss inte inkludera henne för närvarande."

"Jag vill se henne släppt först."

"Visst, vi kan stanna förbi hennes hem."

"Okej."

Dan blev förbryllad. "Hur vet hon sin adress? Är inte det konstigt?" han undrade.

"Något är skumt här." Han ifrågasatte hela samtalet han hade med Kaya om Romans frigivning.

"Är Roman verkligen ute?" frågade han Linda igen.

"Jag ljuger inte för dig, Dan; du måste tro mig. Jag sa till dig, hon är ute och det är det." Hon lät allvarlig.

"Jag ber om ursäkt om jag sårade dig."

Översättning av: Haregewein Mersha

"Det är okej; Jag kommer och hämtar dig." De gick med på det och avslutade sitt samtal. Efter ett tag kom hon och hämtade Dan och hans pappa, Peter Michael. De besökte Romans plats och sedan begav de sig direkt till Kayas hotell, som låg i centrum av Bole, nära den berömda Bole Medhanialm-katedralen, den näst största katedralen i Afrika och den största i Etiopien.

Katedralen är dekorerad med yttre pelare och har ett kupolformat tak. Det är en symbol för den etiopiska ortodoxa Tewahedo-tron och kulturen som nu har förvandlats till ett nav för underhållning, shopping och restauranger, med många restauranger, kaféer, barer och gallerior i närheten. Den tuffa tiden Det var 19:00. Tiden flög iväg som en blixt. Åren gick lika fort som dagar. Allt förändrades på ett ögonblick. Solen försvann från himlen.

Söker Efter Sig Själv

Månen steg upp. Addis Abeba var likgiltig för båda. Ändå är det en stad av kontraster, där rika och fattiga samexisterar i ett dynamiskt och mångsidigt stadslandskap.

Det är en stad med utmaningar, där vissa njuter av en överdådig livsstil medan andra kämpar för att överleva. Staden står inför problem som fattigdom, hunger, föroreningar och etniskt våld. Amharafolket, den största etniska gruppen i Etiopien, har marginaliserats och förföljts. De har nekats tillgång till sina förfäders land, sina kulturella rättigheter och sin politiska representation.

Kort sagt, Addis Abeba är en stad som speglar skönheten och smärtan i Etiopien, ett land med en rik historia och en komplex framtid.

Dan fick ett telefonsamtal från Linda.

Översättning av: Haregewein Mersha

"Jag gjorde mina läxor. Roman är ute. Jag betalade 5000 Eth Birr för hennes borgen. Kan vi prata nu?" sa Linda efter att ha utbytt varma hälsningar och hälsningar med Dan.

"Jag vill att det här fallet ska vara över för gott. Förresten, varför greps hon?" frågade Dan med sin befallande röst. Han lät som en krigsgeneral som talade från en ledningscentral.

"Det fanns ingen anledning. En av hennes grannar, Fatuma Ibrahim, lämnade in ett klagomål mot henne

"För vad?"

"Jag vet inte. De bad henne att ge upp sin dotter, Martha Molla."

"Martha Molla?"

"Ja, Martha Molla. Damen hävdar att

Söker Efter Sig Själv

Martha utsatt henne för sexuella trakasserier av någon hon inte känner."

"Det är löjligt. Martha skulle aldrig göra det. Hon är en kvinna med hög moral. Hon respekterar och bryr sig om mänskligheten. Hon är oskyldig."

"Jag önskar att hon var det. Men det finns tillräckligt med bevis för att döma henne."

"De bevisen måste vara påhittade. Hon är själv en våldtäktsöverlevare. Linda, om du inte stoppar denna falska anklagelse mot Martha, kommer jag inte att samarbeta med dig alls. Jag kommer att försvara henne själv."

"Du behöver inte stressa över det. Ärendet är nästan över. Jag har hanterat situationen."

"Tja, tack för att du avslutade det här

Översättning av: Haregewein Mersha

ärendet. Men jag måste vara ärlig mot dig. Jag är mycket upprörd över arresteringen av Roman. Det var nonsens. Det borde inte ha hänt. Kan jag få ett brev som tydligt säger att det här ärendet är avslutat och att Martha är fri från allt ansvar när som helst och var som helst?" Dan ville ha ett juridiskt dokument. Han ville rensa Marthas namn från det här fallet. Han visste också att Linda låg bakom detta upplägg.

"Jo det kan du. Jag kommer att leverera den till dig om några dagar."

"Tack."

"Förresten, ses vi i dag?"

"Ja det är vi. Kan du hämta mig runt 16:00? Jag vill att min far och Roman ska följa med oss, om du inte har något emot det."

"Inga problem. Jag vill också tillbringa lite tid med dig ensam. Kommer deras närvaro att påverka oss?" frågade hon artigt.

"Jag tror inte det. Ändå kan vi träffas utan dem senare; nästa lördag äter vi ännu en middag tillsammans. Låter det som en plan?"

"Förresten, jag skulle inte ha något emot om din pappa dyker upp. Vi kommer att ha Lety och Teddy också."

"Hur är det med Roman?"

"Låt oss inte inkludera henne för närvarande."

"Jag vill se henne släppt först."

"Visst, vi kan stanna förbi hennes hem."

"Okej."

Översättning av: Haregewein Mersha

Dan blev förbryllad. "Hur vet hon sin adress? Är inte det konstigt?" han undrade.

"Något är skumt här." Han ifrågasatte hela samtalet han hade med Kaya om Romans frigivning.

"Är Roman verkligen ute?" frågade han Linda igen.

"Jag ljuger inte för dig, Dan; du måste tro mig. Jag sa till dig, hon är ute och det är det." Hon lät allvarlig.

"Jag ber om ursäkt om jag sårade dig."

"Det är okej; Jag kommer och hämtar dig." De gick med på det och avslutade sitt samtal. Efter ett tag kom hon och hämtade Dan och hans pappa, Peter Michael. De besökte Romans plats och sedan begav de sig direkt till Kayas

Söker Efter Sig Själv

hotell, som låg i centrum av Bole, nära den berömda Bole Medhanialm-katedralen, den näst största katedralen i Afrika och den största i Etiopien.

Katedralen är dekorerad med yttre pelare och har ett kupolformat tak. Det är en symbol för den etiopiska ortodoxa Tewahedo-tron och kulturen som nu har förvandlats till ett nav för underhållning, shopping och restauranger, med många restauranger, kaféer, barer och gallerior i närheten.

Översättning av: Haregewein Mersha

Debatten

Linda, Dan och hans far, tillsammans med Lety och Teddy, tog plats på översta våningen på Blue Wave-hotellet. Rummet var rymligt och elegant. Den skulle lätt kunna ta emot hundra kunder samtidigt. Kayas grupp satt i hörnet nära balkongen.

Dan och hans far, Peter, hade god utsikt över rummet, inifrån och ut. Peter var på höger sida om sin son, Dan; de två paren stod bredvid honom runt bordet. De serverades med Kitfo och Tibs, de två vanligaste etiopiska traditionella rätterna.

Teddy tog ett glas vin, resten av dem hade vatten på flaska. De njöt alla av maten. Det var verkligen läckert, minst sagt. Samtalet i gruppen var livligt och trevligt. Den lilla toaletten på

Söker Efter Sig Själv

bottenvåningen var fullsatt. Folk stod i kö för att kissa efter varandra. De kissade och de gick tillbaka till sina platser. De drack, fyllde magen och kom tillbaka för att kissa. Livet fortsatte i denna onda cirkel.

"Vi bär alla jorden inom oss ett tag och går sedan tillbaka till den igen." Viskade Dan till sin far.

"Men ingen har insett den gudomliga kraften inom oss att förvandla jorden som vi äter som mat till mänskligt kött. Är inte det fantastiskt?" Peter svarade sin son. Hotellet var fyllt av glädje och nöje. Människor gick vilse i sina drinkar. De åt och drack, de diskuterade politik och de flirtade. Det är allt! Imorgon var en annan dag. Vem brydde sig om det? Varje dag var en ny dag.

Maten som fanns kvar på varje bord samlades ihop och lades i plastpåsar för

Översättning av: Haregewein Mersha

hemlösa. De fick också sin del av glädje och liv. Så var livet i Addis; alla levde i nuet. Alla hade roligt.

"Livet förändras mycket." Peter började prata efter att ha sett scenen runt honom. Han var en man med tre regimer. Han hade tjänat sitt land med stor ärlighet och vördnad sedan hans excellens kejsar Haile Selassies tid. Han var en välutbildad och mångsidig man. Han var ett av de levande biblioteken som landet antingen hade glömt eller ignorerat för att lära sig av sina kunskaper och erfarenheter. Ibland, när en hög med salt eroderas av tidens sand och förändring, märker ingen det. Det krävs ett skarpt öga för att se det.

"För sextio år sedan hade vi en liten befolkning. Människan var högt uppskattad och respekterad. Lag och ordning var på plats. Nationsandan var

Söker Efter Sig Själv

hög. Alla brukade älska och hedra sitt land. Vi var Etiopiens första människor, kort sagt. Jag ser inte det modet idag. Vart har allt tagit vägen?" frågade han med en suck av ånger.

Teddy höjde rösten efter några drinkar och sa: "Du har rätt, det har du. Dagarna förändras. Vi har blivit många. Jag vet inte varför regeringen är så försumlig med denna snabbt växande befolkning. Vi spricker. Jag tror att det kräver mycket allvarlig och brådskande uppmärksamhet. Dessutom har vi tappat sättet att göra saker. Vi har ingen bra moral nuförtiden. Titta på dom; vi har par som kysser här framför andra. De har förvandlat mitt hotell till en kiss and ride-station." Lety avbröt sin man.

Hon lät honom aldrig avsluta sitt föredrag. Av någon anledning höll hon inte med om hans ord. Vad han än sa sa hon emot honom. Ändå älskade hon

Översättning av: Haregewein Mersha

honom mycket. Hon kunde inte vara
tillfreds utan honom. De var alla
förvånade över hennes agerande. Linda
och Dan tittade förvånat på varandra.
Teddy var inte så chockad. Det var en
daglig rutin för honom. Istället försökte
han förklara situationen för alla.

Lety och Teddy är ett gift par som
inte har något gemensamt. Hon är
väldigt hård mot honom. Hon
respekterar inte honom eller älskar
honom. Hon säger alltid emot honom.
De verkar vara i en kulturell chock,
även efter att ha fått tre barn
tillsammans. Hon är från Eritrea medan
han föddes och växte upp i
guragekulturen. Han är en hårt
arbetande, men nu känner han sig
utmattad av hennes tjat och motstånd.
Han dricker ofta alkohol och träffar
andra damer för att lindra stressen.

Söker Efter Sig Själv

"Oroa dig inte; en del damer tror att de är älskade när de kan styra över sina män. De gillar inte när deras man pratar. Vad han än säger är föremål för deras kritik och kommentarer."

"Det är helt fel. Du behöver inte vara defensiv. Jag ser inte din poäng här. Vad försöker du säga? Vad är det för fel, om människor öppet gör vad de gör i hemlighet? Det är ondskefullt. Vad är det för fel med att dejta dina nära och kära så här. Jag vet, det är något du inte kan göra. Anledningen är uppenbar, ni har för många av oss, eller hur?" Hon smällde till honom med hårda ord. Dan tittade på Teddys ansikte. Han brydde sig inte så mycket om henne. Han tog några klunkar igen.

"Vad kan jag göra för att göra dig lycklig, Lety?" frågade Teddy sin fru. Han väntade på hennes svar. Hon var tyst.

Översättning av: Haregewein Mersha

Till slut drack Teddy ytterligare tre klunkar och sa: "Gud har lagt eld och bränsle under samma tak för att visa sin förundran. Annars vet du hur mycket jag älskar dig. Jag har gett dig allt jag har, inklusive mig själv. Vad mer kan jag göra?" Hon avbröt honom igen.

Den här gången var hon arg. Hennes ljusa hud blev röd. Hennes ögon var blodsprängda. Det kändes som om hon hade byggt upp åratal av förbittring. Det hela brast ut som ett raseri av raseri. "Lägg det inte på Gud. Vad vill du att han ska göra för dig? Han kan inte vara i din plats. Han har gett dig en vacker hustru. Du älskade henne inte så mycket som du borde. Istället ville du vara som en clown, komma in i allt du ser. Jag hoppas att du förstår vad jag säger. Jag försöker vara lite blygsam. Hur kan en kvinna säga att hon har en bit av en man? Hon kan inte."

Söker Efter Sig Själv

Lety släppte lös sina känslor på bordet. De kände alla värmen av hennes ilska. Det var som att vara i en bastu av bitterhet. Det var kvävande. Men det räckte inte för henne, hon hade mer att säga.

Den här gången ingrep Teddy och sa: "Vi är här för att ha kul, Lety. Om jag sa något som sårar dina känslor, snälla förlåt mig. Vi kommer att ha vår egen tid att prata om det. Nu, låt oss njuta. Ge oss lite utrymme, snälla. Vi har Dans pappa; åtminstone för hans skull, låt oss lugna ner oss." Hon lät honom inte avsluta.

"Det här är en bra chans. Dan och Linda är våra vänner. Dans pappa är vår pappa. Jag måste framföra min sak här. Jag är trött på att bo med dig; ge mig vad jag förtjänar och släpp mig. Du är inte en bra man eller en god vän. Det är svårt att leva med dig."

Översättning av: Haregewein Mersha

Peter Michael klev in och sa: "Ja, du har rätt. Jag är din pappa också. När du är känslomässigt sårad känner jag det också. Vad är problemet? Låt oss prata. Vi kan lösa det tillsammans, eller hur?"

"Det är så hon är; snälla låt oss gå, lämna henne ifred. Låt oss gå någon annanstans och ha kul. Hon vill inte ha mig vid sin sida. Hon är aldrig glad för min skull av någon anledning. Hon har tjatat på mig i flera år nu." sa Teddy irriterat.

Han var inte alls nöjd med henne. Linda Dama tittade på dramat med skräck. Hon blev chockad och chockad av dialogen. "Varför bråkar de så mycket? De är inte fiender." sa Linda till mig med låg röst. Jag var också nyfiken på det.

Lety och Teddy är ett bra exempel på gifta par som har vuxit isär under åren.

Söker Efter Sig Själv

De har olika personligheter, värderingar och intressen. De bråkar och kritiserar hela tiden varandra. De är inte glada eller respektfulla i sin relation. De har försökt arbeta med sina frågor, men de har inte lyckats. De har insett att de inte är kompatibla och att det inte är bra för dem eller deras barn att bo tillsammans.

Ganska många gånger har de bestämt sig för att avsluta sitt äktenskap på ett fredligt och respektfullt sätt. De har kommit överens om att fördela sina tillgångar och ansvar rättvist och i godo. De har kommunicerat sitt beslut till sina vänner och familj och bett om deras förståelse och stöd. De har tackat varandra för de fina stunder de haft och önskat varandra lycka till i framtiden. Ändå kunde de inte skiljas åt ännu.

Linda Dama förde sin mun nära mina öron igen och sa "Låt oss gå härifrån."

Översättning av: Haregewein Mersha

"Nej, vi måste ta itu med den här fråggan tillsammans." Dan och Linda hade det svårt tillsammans. De hade ett hett argument i över tre timmar.

"Jag vill gifta mig så snart som möjligt."

"Jag är inte redo."

"Vad hände? Du var redo förut. Är det något nytt som jag inte vet om?"

Söker Efter Sig Själv

Häller Tillsammans

I hans värld var döden slutet på allt. Både Dan och Martha hade sett sina nära och kära försvinna och lämnade inget efter sig annat än minnen och aska. De hade sörjt över dem och fruktat för sitt eget öde. De hade undrat vad som låg bakom livets slöja, om något alls. Men idag blommade vardagsrummet av en slags energi från himlen. Framlidne Hewan Moges och Molla Lema har dykt upp.

För dem var döden början på en ny resa. Dan och Martha har träffat sina nära och kära igen, på en plats där de var fria från smärta och sorg. De har glatts med dem och omfamnat sitt eget öde. De hade upptäckt vad som låg bortom livets slöja, och det var mer än de någonsin hade föreställt sig.

Översättning av: Haregewein Mersha

Det var ett sällsynt och speciellt tillfälle för vänner och familj till Peter Michael och Roman. De hade bjudit in sin underbara dotter Martha Molla, de två Guttas och Linda Dama att följa med på en återföreningsmiddag på deras mysiga salong. Men de hade en annan överraskning i beredskap för dem.

Shemsu Ali, som varit försvunnen i flera år, hade plötsligt dykt upp i deras liv igen. Han kom med en fantastisk kvinna, som var något längre och lättare än honom. Hon hette Muna Kadir. Han kände att han hade lämnat ödet bakom sig i sitt liv. Men ödet hade dykt upp på egen hand och tagit plats en timme tidigare.

Dan stod framför publiken, iklädd sin bästa kostym och slips. Han kände sig nervös och upprymd när han skulle hålla sitt livs viktigaste tal. Han fick

Söker Efter Sig Själv

välja mellan Martha och Linda, de två kvinnorna han älskade. Han hade bjudit in dem båda till evenemanget. Han hade också tagit med två speciella gäster från den andra världen: Hewan och Molla, hans mamma och Marthas pappa. Han hoppades att de skulle stödja honom i hans beslut, vad det än var.

Martha Molla satt på Dan Peters vänstra sida. Hon såg ut som en knallgul stjärna bland bordet. Hennes skönhet strålade ut i hela vardagsrummet. Hennes fängslande ögon glödde av kärlekens eld.

Doften av hennes väsen fyllde hela utrymmet. Hon var glad, skrattade kärlek och svajade livet i förtjusning. Hon brydde sig inte om sakerna omkring henne. De var alla imaginära skapelser. Hon improviserade bara på plats. Ingenting var verkligt bortom hennes sinne.

Översättning av: Haregewein Mersha

Linda satt på Dan Peters högra sida. Hon såg ut som en majestätisk brun staty med en värdig närvaro. Hennes karisma lyste inifrån. Hon var prydd med alla rikedomar i denna värld. Hon var den mest inflytelserika kvinnan i rummet. Hon är en rasist som stötte bort och äcklade alla med sin fula attityd.

Hon kanske verkade charmig i sina tal som sin chef, men hon var ett bittert piller överdraget med godis. Hennes ord och handlingar var motsägelsefulla och oärliga. Hon hade inga vänner eller beundrare. Hon brydde sig bara om sig själv och sina egna intressen. Dan har genomskådat sin karaktär och känt till hennes sanna natur.

Molla och Roman hade längtat oerhört mycket efter varandra. De tittade på varandra med kärlek och beundran. Kärleken överträffar den

Söker Efter Sig Själv

fysiska världen. Det är en kosmisk design. Den existerar aldrig och därför försvinner den aldrig. Det är ingen sensation; det är en uppstigningsrörelse i livet. Med kärlek går vi aldrig ner. Vi svävar upp.

Lety och Teddy satt tysta sida vid sida. Shemsu och Muna var bredvid dem i en tyst tillbedjan. De iakttog alla föreställningen i lugn och ro och med stor iver. Ingen av dem visste vad det här mötet handlade om som hela världen surrade om.

Lucy Peter och hennes make, Gutta Hagos, var också närvarande vid utställningen i en annan del av huset. De var alltid oskiljaktiga och enade. De såg ut som en ande manifesterad i olika kroppar. Deras sinne fungerade som en enhet.

"Vad kommer han att välja? Kommer

Översättning av: Haregewein Mersha

han att fria till Marta?"

"Nej, han kommer inte att göra det. Han tror att han är ett medvetande. Han kan inte vara bunden eller fri av sig själv. Han är allt och allt är honom. Det betyder att han inte kan lämna Martha, och inte heller kan han ge upp Linda. De är de olika uttrycken för hans egen identitet."

Linda var lite förvirrad. Hon litade på saker. Allt var viktigt för henne. Men för Martha spelade ingenting någon roll; hon var inte så orolig. Hon förstod att kärlek inte var ett alternativ. Det var en gest av respekt; det var hennes väsen.

Äntligen inledde Dan Peter showen med ett varmt tal. "Kära familjer och vänner, jag vill dela med mig av den kamp jag har mött under en tid. Som ni ser är Martha och Linda med mig. De är båda integrerade delar av mitt sinne.

Söker Efter Sig Själv

Linda har alltid varit min anledning.
Hon har ett stort minne och flera
identiteter."

Alla är uppmärksamma. Linda beter
sig som om hon har klistrat fast sina
öron på Dans mun. Hon följer hans tal
noga. Martha är lugn. Hon verkar som
om hon anar vad han kommer att säga.

"När jag kom till den här världen.
Linda hade ingenting i beredskap. Nu
har hon samlat på sig ganska mycket."
Han höll tyst en stund och vände
blicken mot Linda.

"Linda har mycket i minnet. Hon har
också skapat många identiteter åt sig
själv. Först identifierar hon sig som
Oromo. Sedan är hon en lojal medlem
av välståndspartiet. Efter det är hon en
slags elit. Hon har en bra utbildning,
och hon är också en investerare. Hon
försöker också vara en älskare, men hon

Översättning av: Haregewein Mersha

är likgiltig när tusentals människor dör. Hon har en lång lista med identiteter. Det beror på att hon är en person som fokuserar på sitt intellekt. Kort sagt, hon är vad som helst."

Sedan mötte Dan Martha. De tittade på varandra och log. Han fortsatte med att säga, "Martha är som min visdom, ett medvetande utan gränser. Hon har inget minne eller identitet. Hon är verkligheten, inget mer. Hon är allt och allt är henne. Jag kan inte uttrycka henne bättre med min ord. Det outtalade avslöjar mycket om henne, kortfattat."

Han tittade på henne ännu en gång. Hon stärkte honom genom att tända tapperhetens låga i hans väsen med sina ögon. "Sammanfattningsvis är vi alla illusioner. Den här världen är inte verklig. Det du ser är illusionsdammet i olika former. Den här kroppen är inte vi.

Söker Efter Sig Själv

Detta sinne är inte heller vi. Allt som är apparat är en hög av denna jord. Oavsett om det är ett yrke, etnicitet, färg, nationalitet; you name it, identitet är det värsta vi har mött."

Han pausade igen. Hans far Peter gick med honom och började tala. "Jag har ägnat mer än 80 år av mitt liv åt att leta efter det sanna jaget. Jag hade äntligen insett att jag inte är skild från någonting eller någon. Jag är helheten och helheten är jag. Jag tror också att denna värld var en simulering, en återspegling av den osynliga världen som existerade bortom rum och tid. Hat är källan till okunnighet."

"Det är korrekt. Jag förstod allt detta efter att jag lämnat den materiella världen för gott. Jag var tvungen att omfamna döden för att vakna till liv. Du kan leva och dö med medvetenhet. Var aldrig impulsiv. Din självbild är falsk.

Översättning av: Haregewein Mersha

Vi är inte objektiva eller subjektiva enheter. Vi är bortom ingenting, än mindre saker. Vi är ett, enade, här och alltid. Vi kan inte bryta isär. Snarare kommer vi att förbli ett och coola i kärlek och respekt för alltid." Den bortgångne Hewan höll ett mycket djupare tal. Molla sekunderade henne i tysthet.

Hewan var en kvinna med anmärkningsvärd visdom och vision. Hennes ord var som honungsbröd. De var alltid läckra. Hennes sista ord rörde alla. Alla kämpade med dem. "Vi kan inte bryta upp. Snarare kommer vi att förbli enade i kärlek och respekt."

Lety och ödet snyftade och bad om nåd. Shemsu och Teddy var ödmjuka nog att benåda, gå vidare och släppa taget. De bad också om förlåtelse från sina partners. De tre orden: "Jag är

Söker Efter Sig Själv

ledsen, jag förlåter dig, och tack" dominerade atmosfären i huset.

Martha Molla och Linda Dama kramade om varandra och sa: "Du betyder något för mig", "Du också." En känsla av aktning och uppskattning för varandra dök upp. De gladde sig i glädje. Respekt och erkännande förde dem samman igen.

Peter reste sig och började tala efter att ha fått husets uppmärksamhet genom att klappa händerna. "Vi känner oss själva väl. Vi är det enda livet. Livet är vi, vi själva. Det är inte en sensation, inte en daglig vana. Det är en rörelse att leva. Låt oss alltid göra det tillsammans, som vi är." Plötsligt rann tårarna nerför hans ansikte.

"Jag är din far, allas far. Ursäkta mig för alla misstag jag gjort i min strävan efter mig själv." Till slut satte han sig.

Översättning av: Haregewein Mersha

Alla grät. De grät alla till varandra. Alla svarade med medkänsla. Vi lyste tillsammans igen. Martha och Linda förstod kärleken bäst.

"Kärlek är vårt väsen, inte vår potential. Det är inte vad vi kan känna; det är vad vi uttrycker som oss själva. Vi är kärlek. Kärlek och liv är två aspekter av samma medvetenhet. Sanningen bor mitt i dem. Vi är kärleken, livet och sanningen. Hur kan vi skiljas då? Vi är förenade och ett, här och för alltid, i och utanför tiden." Martha sammanfattade det hela. Linda instämde med en nick.

"Alla verkar ha fått tillbaka sin visdom nu." mumlade Dan och grät av glädje.

Söker Efter Sig Själv

Det upptäckta jaget

I hans värld var döden slutet på allt. Både Dan och Martha hade sett sina nära och kära försvinna och lämnade inget efter sig annat än minnen och aska. De hade sörjt över dem och fruktat för sitt eget öde. De hade undrat vad som låg bakom livets slöja, om något alls. Men idag blommade vardagsrummet av en slags energi från himlen. Framlidne Hewan Moges och Molla Lema har dykt upp.

För dem var döden början på en ny resa. Dan och Martha har träffat sina nära och kära igen, på en plats där de var fria från smärta och sorg. De har glatts med dem och omfamnat sitt eget öde. De hade upptäckt vad som låg bortom livets slöja, och det var mer än de någonsin hade föreställt sig.

Översättning av: Haregewein Mersha

Det var ett sällsynt och speciellt tillfälle för vänner och familj till Peter Michael och Roman. De hade bjudit in sin underbara dotter Martha Molla, de två Guttas och Linda Dama att följa med på en återföreningsmiddag på deras mysiga salong. Men de hade en annan överraskning i beredskap för dem.

Shemsu Ali, som varit försvunnen i flera år, hade plötsligt dykt upp i deras liv igen. Han kom med en fantastisk kvinna, som var något längre och lättare än honom. Hon hette Muna Kadir. Han kände att han hade lämnat ödet bakom sig i sitt liv. Men ödet hade dykt upp på egen hand och tagit plats en timme tidigare.

Dan stod framför publiken, iklädd sin bästa kostym och slips. Han kände sig nervös och upprymd när han skulle hålla sitt livs viktigaste tal. Han fick

Söker Efter Sig Själv

välja mellan Martha och Linda, de två kvinnorna han älskade. Han hade bjudit in dem båda till evenemanget. Han hade också tagit med två speciella gäster från den andra världen: Hewan och Molla, hans mamma och Marthas pappa. Han hoppades att de skulle stödja honom i hans beslut, vad det än var.

Martha Molla satt på Dan Peters vänstra sida. Hon såg ut som en knallgul stjärna bland bordet. Hennes skönhet strålade ut i hela vardagsrummet. Hennes fängslande ögon glödde av kärlekens eld.

Doften av hennes väsen fyllde hela utrymmet. Hon var glad, skrattade kärlek och svajade livet i förtjusning. Hon brydde sig inte om sakerna omkring henne. De var alla imaginära skapelser. Hon improviserade bara på plats. Ingenting var verkligt bortom hennes sinne.

Översättning av: Haregewein Mersha

Linda satt på Dan Peters högra sida. Hon såg ut som en majestätisk brun staty med en värdig närvaro. Hennes karisma lyste inifrån. Hon var prydd med alla rikedomar i denna värld. Hon var den mest inflytelserika kvinnan i rummet. Hon är en rasist som stötte bort och äcklade alla med sin fula attityd.

Hon kanske verkade charmig i sina tal som sin chef, men hon var ett bittert piller överdraget med godis. Hennes ord och handlingar var motsägelsefulla och oärliga. Hon hade inga vänner eller beundrare. Hon brydde sig bara om sig själv och sina egna intressen. Dan har genomskådat sin karaktär och känt till hennes sanna natur.

Molla och Roman hade längtat oerhört mycket efter varandra. De tittade på varandra med kärlek och beundran. Kärleken överträffar den

Söker Efter Sig Själv

fysiska världen. Det är en kosmisk design. Den existerar aldrig och därför försvinner den aldrig. Det är ingen sensation; det är en uppstigningsrörelse i livet. Med kärlek går vi aldrig ner. Vi svävar upp.

Lety och Teddy satt tysta sida vid sida. Shemsu och Muna var bredvid dem i en tyst tillbedjan. De iakttog alla föreställningen i lugn och ro och med stor iver. Ingen av dem visste vad det här mötet handlade om som hela världen surrade om.

Hewan var en kvinna med anmärkningsvärd visdom och vision. Hennes ord var som honungsbröd. De var alltid läckra. Hennes sista ord rörde alla. Alla kämpade med dem. "Vi kan inte bryta upp. Snarare kommer vi att förbli enade i kärlek och respekt."

Lety och ödet snyftade och bad om

Översättning av: Haregewein Mersha

nåd. Shemsu och Teddy var ödmjuka nog att benåda, gå vidare och släppa taget. De bad också om förlåtelse från sina partners. De tre orden: "Jag är ledsen, jag förlåter dig, och tack" dominerade atmosfären i huset.

Martha Molla och Linda Dama kramade om varandra och sa: "Du betyder något för mig", "Du också." En känsla av aktning och uppskattning för varandra dök upp. De gladde sig i glädje. Respekt och erkännande förde dem samman igen.

Peter reste sig och började tala efter att ha fått husets uppmärksamhet genom att klappa händerna. "Vi känner oss själva väl. Vi är det enda livet. Livet är vi, vi själva. Det är inte en sensation, inte en daglig vana. Det är en rörelse att leva. Låt oss alltid göra det tillsammans, som vi är." Plötsligt rann tårarna nerför hans ansikte.

"Jag är din far, allas far. Ursäkta mig för alla misstag jag gjort i min strävan efter mig själv." Till slut satte han sig. Alla grät. De grät alla till varandra. Alla svarade med medkänsla. Vi lyste tillsammans igen. Martha och Linda förstod kärleken bäst.

"Kärlek är vårt väsen, inte vår potential. Det är inte vad vi kan känna; det är vad vi uttrycker som oss själva. Vi är kärlek. Kärlek och liv är två aspekter av samma medvetenhet. Sanningen bor mitt i dem. Vi är kärleken, livet och sanningen. Hur kan vi skiljas då? Vi är förenade och ett, här och för alltid, i och utanför tiden." Martha sammanfattade det hela. Linda instämde med en nick.

"Alla verkar ha fått tillbaka sin visdom nu." mumlade Dan och grät av

Översättning av: Haregewein Mersha

glädje.

Söker Efter Sig Själv

Som en avslutning

Jag är berättaren igen och försöker göra en förbigående kommentar. Jag är en del av dig, det största universum. Vi är alla att det finns, samma varelse, det fulla medvetandet i dess fullständiga manifestation. Det betyder att vi inte är separata eller isolerade enheter, utan sammanlänkade och inbördes beroende delar av en helhet.

Vi delar samma väsen och ursprung, samma källa och öde. Vi är uttryck för det oändliga och eviga, det absoluta och det ultimata. Vi är universums ögon och öron, händer och fötter, rösten och tystnaden. Vi är vittnen och skaparna, sökarna och hittarna, universums älskande och älskade. Vi är universum, och universum är vi.

Vi förkroppsligar livets essens. Det

Översättning av: Haregewein Mersha

finns ingen annan än vi. Vi är den enda verkligheten och den ultimata sanningen. Vi är manifestationen av det högsta medvetandet. Vi är odödliga, medan döden är en illusion. Först när vi inser denna djupa sanning kan vi vakna upp till vårt sanna jag och övervinna vårt sinne, som är vår största fiende. När vårt sinne blir vår fiende, lider vi i smärta och sorg. Glädje och tillfredsställelse undviker oss. Vårt intellekt ensamt kan inte göra oss felfria. Det är vår intelligens som kan befria oss från det turbulenta livet.

Döden är en illusion, och vi behöver inte frukta den. Naturligtvis är många av oss rädda för döden och försöker undvika att tänka på den. De lever i en simulativ värld, där de distraheras av materiella saker och ytliga nöjen. De inser inte att det finns en annan värld, en verklig men osynlig, där livets sanna

Söker Efter Sig Själv

väsen finns. Denna värld är inte bunden
av tid, rum eller kausalitet. Det är
andens, själens och det gudomliga riket.

Om vi lever vårt liv i den här världen
kommer vi inte att vara rädda för döden,
eftersom vi kommer att veta att döden
inte är slutet, utan en övergång till ett
högre tillstånd av vara. Vi kommer
också att kunna njuta av den simulativa
världens skönhet och förundran, utan att
vara fästa vid den eller korrumperas av
den. Vi kommer att leva i harmoni med
oss själva, med andra och med
universum. Låt oss leva vårt liv i den
faktiska men osynliga världen och
glömma döden som är en slags
avgörande faktor här i denna simulativa
värld.

Valde att vara till din egen fördel!